根深扎沃土
这里是衡中

杨新城 ◎ 著

人民日报出版社
北 京

一位年近七旬的党报老新闻工作者，一位多次往中央媒体写过内参的老记者，一位从事了20余年调查研究的老秘书长，在一所学校里蹲点调研采访了100天，与100多位学校领导、不同学科的老师、不同班级的学生、不同年代毕业的老校友、家长志愿者、保安、炊事员、楼管员进行了座谈，听了所有能听懂的课，走遍了校园的每一个角落，写下了20多万字的采访调研笔记，让他来告诉你一个真实的衡中。

这是一段岁月的辉煌,那目光穿山越海,迎接了新世纪的曙光。

这是一曲生命的呐喊,让新时代的理念落地生根,托起了明天的太阳。

山为本,水自长,少年强,国则强,立德树人千秋业,人间正道浩浩荡荡。

衡中之歌
《中国向前方》

衡中之歌
《坚守》

衡中之歌
《我们是新时代的青年》

校门

序

这里是一片神奇的土地。有一股神秘的力量将其高高托起,奋斗的号角分外响亮,每天都在创造着新的辉煌:70多项国家荣誉称号在这里落户生根,8枚国际奥赛金银牌、373枚全国奥赛金银铜牌在这里闪闪发光。

这里是群星闪耀的长空。党的十九大代表、全国劳模、"五一"劳动奖章获得者、在省市两级参政议政的人大代表及政协委员、受表彰的先进模范、高级教师、高级政工师……交相辉映,引导着万千学子在成才的大路上志存高远、矫健奔腾。

这里是一方育人的沃土。上千名园丁把真情、智慧和汗水播撒在每一寸土地上,70余项精品德育活动哺育着翩翩少年读书郎和青春秀美的小姑娘,使他们懂得了"无奋斗不青春"的含意,在各类大赛上摘金夺银、意气风发、气贯长虹。

这里是一片晴朗的天空。温暖的阳光和如水的月光轮流洒下,让每个人都沐浴在春风里,灵魂得到净化,纯洁、自然、向上、向善,没有庸俗,远离世俗,形成了一片道德高地,建起了一座特殊的精神家园。这里的人谈笑间说的是先贤的名言和现代领袖的思想,往来中奔向的是至圣至明的大道,树影摇风,浪花相拥,云朵相连,彼此成就,传递着中华民族五千年的文明,汲取着世界上先进的科学知识。

这里创造了一种特殊的氛围。家国情怀、责任担当、奋进激情,人人想干事、人人都能干成事,平台广阔,有劲儿你就尽情地使、有汗你就尽情地流,人人都能受到重视,人人都能得到支持,人人都能在身心愉悦中到达理想的彼岸。

这里是一条五彩缤纷的金光大道。任何一个有幸进入这里的少年都会得到正确的指导与教育，德、智、体、美、劳全面发展，一飞冲天，翱翔在理想的云端，梦想成真。20多年来，每年都有上千名学子鲤鱼跳龙门，迈入"985""211"大学的校门；1900多人跨进了清华、北大的门槛，毕业后带着这里的精神光芒站在了牛津、哈佛、剑桥、斯坦福等世界知名大学的讲台上，现身于世界500强大公司的骨干群里，登上了祖国各条战线的顶尖岗位。

这里的育人经验通过中央权威媒体、党委及政府的内部文件，多次摆放在中南海党和国家领导人的案头。

这里是一个令人向往的地方。中央政治局委员、国务院副总理、全国人大常委会副委员长、全国政协副主席来这里视察，几十名部级领导来这里考察，上百名北大、清华、南开、复旦、武大、港大、浙大等名校的校长、专家教授和著名的央视主持人、文化学者来这里调研、讲学，上千名中学校长来这里参观学习。各领域的成功人士、机关的公务人员、马达轰鸣的车间里的工人、田间劳作的农民、街头的小商小贩，无数人想把自己的子女送到这里学习。

这里的几任地方官都把它誉为自己管辖地域里的一张招商引资、发展经济名片中的名牌，是核心竞争力。因为这里，促进了一个地方拉大城市框架、扩大容量的速度，房地产业蓬勃发展；因为这里，来这座城市的旅游者显著增多，每隔一两周，这座城市的饭店、酒店、旅馆就会爆满，让第三产业的经营者欢欣鼓舞。

这里，就是赫赫有名的河北衡水中学。

从2020年果实累累的金秋十月到2021年万物萌发、花红柳绿的阳春三月，我一直在这里，吃住在校，整整调研采访了100多天，转遍了学校的每一个角落，采访了学校全体领导班子成员、部分中层干部、级部主任、班主任，各学科教师，高一到高三的部分学生，在不同岗位上的历届老校友，校门口的保安，宿舍的楼管员，学生家长志愿者，饭菜飘香的食堂里的炊事员等100余人。

今天，我要把我的所见所闻告诉您。

目录

第一章　幸福不会从天降

红色长卷育初心 /003

邂逅师生说幸福 /010

愉快的歌声满天飞 /015

老市长述说崛起路 /022

众志成城战瘟疫 /028

"云升旗"讲话上热搜 /032

"老品牌"赋予新内容 /037

第二章　众手浇开幸福花

十九大代表的育人情怀 /047

研磨出来的精品课件 /054

名师和学生的彼此成就 /058

新颖灵动的教育方式 /063

实践第一的劳动课 /070

让每一株火炬都熊熊燃烧 /076

衡中教师们的一天 /085

2020 年的七彩衡中 /090

第三章　绿叶对根的情意

尖端领域展英姿 /095

危难时刻显身手 /097

冬奥会上尽风流 /100

回报家乡志不移 /104

长揖跪拜谢师恩 /105

回望母校情无限 /108

衡中精神育新人 /125

第四章　绿色的祝福

各级领导赞衡中 /131

专家学者看衡中 /135

任正非号召学衡中 /139

学生家长说衡中 /142

党校校长论衡中 /147

第五章　根深扎沃土

后　记

第一章　幸福不会从天降

2020年10月8日，艳阳高照，天高云淡。一个翠绿与金黄交替的季节。那天的晴空像大海一样湛蓝，朵朵白云犹如扬帆起航的轻舟，优哉游哉地飘浮着，各种花争奇斗艳地开着，充满了秋高气爽的情调，我走在衡水滏阳河带状公园的堤岸上。河水缓缓地流动着，不时泛起金色的涟漪，枫叶正红，银杏树金黄色如扇子般的叶子在空中翩翩飞舞着。

迈下风景如画的堤岸，拐了一个小弯，便进入了衡水中学的校园。

虽然在市委给领导写材料十多年，但我始终忘不了在报社做记者时新闻界老前辈、新华社原社长、写过《县委书记的榜样——焦裕禄》等名篇的穆青老先生培训地市报总编辑时说过的话——"真实是新闻的生命"。记者要首先相信自己的眼睛，要用自己的脚步去丈量你的采访对象那儿的每一寸土地，脚板子底下出新闻。

路标

第一章
幸福不会从天降

红色长卷育初心

衡中的大门朝北,对着一条人声鼎沸的古老街道。大门的右侧竖着一块一人多高的天蓝色牌子,上面用红色的大字写着"步入美丽校园,彰显文明自豪;迈出校门一步,肩负学校荣辱",表达出衡中人的责任、自信和自律。

我饶有兴致地品鉴着这块在别的机关单位很少见的牌子时,旁边一个健壮的保安也在打量着我,在他开口说话后,我立即捕捉到了语言中带有"哈——个"的特别口头禅,断定他是我任职过的也是我的第二故乡饶阳县人。直觉准确,他叫刘永占,来自饶阳镇滹沱河南岸的一个小村庄。我说出了他们那一带村庄的名字和风土人情,瞬间拉近了距离。老乡见老乡,扯开了哈哈腔。他骄傲地告诉我,儿子在这里上高二,自己来了一年多了,感觉这里的人有一种特殊的劲头,老师们早晨5点多就来上班,陪着学生跑操,晚上10点多甚至到11点查完宿舍才回去,拿孩子们的事当事。师生们对人特别有礼貌(不像在某某单位时,那里的人进出大门对他们这些保安连理都不理),老师进出大门都会主动打招呼,称他们师傅,学生们则叫他们老师。前两天,郗会锁校长还站在这儿特意叮嘱他们说,往前天冷了,记着多穿衣服,别感冒了。取暖期未到,学校就给他们配备了电暖气。

西门的女保安张玉荣虽然个头不高,但浑身透着一股精干劲儿,神情活泼,一看就是见过世面的人。她说自己原来做销售,去年来这里做保安,工资由保安公司发放,但衡中拿他们当自己人,每逢节日都发慰问品,开大会也让他们去听。会上他们知道了学校的"五大办学指南"(大安全观、大德育观、大课程观、大考试观、大发展观),了解了每个人都要做到"六知六爱六荣"(知我爱我荣我、知家爱家荣家、知班爱班荣班、知师爱师荣师、知校爱校荣校、知国爱国荣国)。散会的时候,学生们都主动给他们让路,喊他们老师,喊得她很不好意思,想到这些即将成为名牌大学生的人喊自己一声老师，心里也挺骄傲的。

东操场边上女生宿舍楼的楼管员叫张秀花，58岁了。她说，来校之后觉得孩子们学习很刻苦，非常有礼貌。有一次她去倒垃圾，正碰上学生跑操，孩子们看到她说"张阿姨好，张阿姨辛苦了"，心里特别甜蜜。她原本想干几个月就走，现在不想走了，要享受这里特殊的精神世界。

当他们知道我来的目的后，刘永占有些激动地喊着我曾经的职务说："杨书记，你算来对了！我是个大老粗，不太会说话，反正我觉得这个大院子里的人特好，环境更好，暖暖的，有温度，一年四季都是春天，在这里的学生老幸福了！"

我明白了，我要在这里寻找一种特殊的精神并探求它的根源，还要找到他们的幸福在哪里。

在西扩区新建的学生发展中心安置好宿办室，谢绝了主要负责宣传的校长助理张永的陪同，我独自带着笔记本、录音笔，拎着照相机在校园里观察、思考、感悟并随机采访邂逅的人，开始了我的衡中之旅。

秋日的阳光热烈和煦，菊花、桂花、木芙蓉、一串红盛开，依然葱茏的树木簇拥着格物楼、揽月楼、明志楼、求真馆、莘元馆、图书馆等一座座造型典雅别致又明亮的教学楼和场馆。在每座大楼的前后左右，都放着一块形状各异、质朴厚重而又灵动飘逸的石头，上面用标准的楷书镌刻着先贤的名言警句。王建勇副校长告诉我，石头文化是衡中立德树人的一大特色，代表着时来运转、点石成金。精美的石头会唱歌，每块石头会说话、有故事、有传说。

在校园里，有一条环形的步道，路旁放了一圈石头，每块石头上面有一个字，转一圈正好把"仁义礼智信，温良恭俭让，忠孝廉耻勇"等《论语》的精华看完。在文化长廊里，绘制着中华民族十大传统美德——仁爱孝悌、谦和好礼、诚信知报、精忠报国、克己奉公、修己慎独、见利思义、勤俭廉政、笃定宽厚、勇毅力行，栩栩如生，图文并茂。

在校园每个路口的转弯处,也放着精美的石头,上面刻着"仁爱、谦让、微笑"等,规范着一言一行,从内心让人向上、向善。

在日新园的灯杆上,用悦目的行书写着"见善则迁,有过则改""盛年不重来,一日难再晨""苟利国家生死以,岂因祸福避趋之""一个人的理想和志愿只有同国家的前途、民族的命运相结合才有价值""学校发展以师为本,教师发展以德为本""见善如不及,见不善如探汤"等充满正能量的社会主义核心价值观的句子。白天,白底黑字,分外清楚;夜晚,在柔和灯光的映照下,悄悄地指引着前进的方向。

石文化

在每间教室的门口,都写着"我到衡中来做什么?我要做什么样的人?我今天做得怎么样?",时刻让大家自警、自醒、自励。走进教室,无论你是步履匆匆开门、关门还是无声靠近每张课桌,没有任何一个学生受到惊扰或看你一眼,他们或专心致志地做作业,或认真地听老师讲课,或大声朗读,每个学生都在相应场景下做着相应的事,专注力之强,令人赞叹。

在明志楼南侧的状元路旁,矗立着一块块展牌,世界著名的哈佛、麻省理工、剑桥、牛津、耶鲁、普林斯顿、清华、北大等大学的概况和校训赫然入目。转身来到揽月楼前，排列整齐的石头上刻着爱迪生、诺贝尔、牛顿、麦克斯·佛莱雪、莎士比亚、泰戈尔、但丁等世界大科学家、大文学家、大艺术家的雕像，以及他们对世界和人类科技文明进步的巨大贡献，这些无不让学子们顿生敬慕之心，并暗暗在心底放飞自己的梦想。

再往北，在明志楼和揽月楼前，是一片林立的红色展牌，这里是衡中独特的精神文化长廊，特别展示了党和国家领导人有关"精神"的部分名言，有毛泽东主席的"人是要有一点精神的"和习近平总书记的"人无精神则不立，国无精神则不强。唯有精神上站得住、站得稳，一个民族才能在历史洪流中屹立不倒、挺立潮头"，囊括了井冈山精神、长征精神、遵义会议精神、延安精神、西柏坡精神、红岩精神、抗美援朝精神、"两弹一星"精神等，集中展现了中国共产党人为了祖国、为了民族、为了人民，不怕牺牲、不畏艰险，不忘初心、牢记使命，勇于拼搏、开拓前进，艰苦奋斗、波澜壮阔的历史画卷和辉煌业绩。

看到这些，每一个人都会血脉偾张，似乎听到了黄洋界上隆隆的炮声，长征路上的马嘶声，白山黑水、南疆椰林、太行山上、平原青纱帐里抗击日寇的喊杀声，上甘岭坑道里的英雄赞歌声；看到了南湖红船、井冈山八角楼、延安窑洞、西柏坡民房里折射出来的给予人民美好生活的希望之光；想到了为建设伟大的社会主义强国，无数个英雄模范在雪域高原、大漠戈壁、险风恶浪中流下的汗水和做出的无私奉献；感到了重任在肩，激情被点燃，心灵被洗涤，不自觉地奋发向上。

文化图柱

书山

孔子像

我曾多次站在这立体红色画卷前问过往师生的感受,他们回答得或多或少,但均可以总结成一句话:"看到这些精神长精神。"

石头文化,先贤的名言,世界名校的介绍,闻名海内外的顶尖科学家、艺术家的伟大成就,中国共产党人百年创业所迸发出来的红色精神,把这么多的优秀集中在一起,校园到处是满满的正能量。

环境改变人,环境育人;环境塑造人,环境乐人。工作、学习、生活在这里的衡中人每天胸有朝阳、心情舒畅、激情四射,感到很幸福。

和平瓶

邂逅师生说幸福

　　上课的时间，校园里静悄悄的，间或有老师走过，虽然步履匆匆，但不失稳重大方，满满的书卷气显示出"腹有诗书气自华"的文静与智慧，带着开放与包容、激情与奋斗的气势。我想到了被毛主席评价既是文学家又是教育家的著名作家陈学昭的一部很有诗意的小说《工作着是美丽的》，并自言自语地念了出来，路过的一位女老师笑着说："工作着何止是美丽的，还能治病呢！那年我得了感冒，在家躺不住，一进校门就觉得病去了一半，一到教室就觉得神清气爽。我精神饱满地给学生讲了一节课，下课铃声一响就头晕目眩，一量高烧39℃多。"这位豪爽的老师叫刘晓洋，来自天津。

　　在格物楼前，我碰到了高一年级主任卢松，这是一位阳光四射的小伙子，毕业于陕西师大，2008年入职。得知他是山东泰安人时，我不由得问道："西安是六朝古都，文化浓厚，人文荟萃，而泰安在东岳脚下，离圣人很近。你为什么到名不见经传的四线小城来？"他说："我从小就有很深的教育情怀。我们的老乡、'亚圣'孟子曰，君子有三乐，其中一乐就是得天下英才而教育之，依我看这是最大的乐，乐而知福。衡水是小，但衡中的名气大，我就是冲着这所学校来的。2007年11月26日凌晨，我来到衡中，看到老师带领学生跑操的气势，受到了震撼，立刻感到这个充满希望的地方是我梦想起飞的地方，感觉这里是一个场，有一种精神在时刻激励着你，让你忘我地付出，每天精神抖擞地投入工作，不用扬鞭自奋蹄。来到衡中的工作岗位上，别去看历史的辉煌，而是要想你能为这所辉煌的学校增添多少光芒。作为教师，把一批批学生送进名校，是对国家的贡献，是当教师的光荣，更是幸福。教师对学生的盼望是，孩子走出校门之后，可以把学到的知识全忘掉，但衡中的精神还在，这种精神就是在社会主义核心价值观指导下的德育。德育是最好、最高的学习动力，要让学生明白在青少年这个年龄段应该做什么，父母对你十几年的付出、盼望的是什么。你学习好了，你的发展就是他们的未来，是他们后半生的指望，你是这个家庭幸福的载体。所以，在衡中，学生要内外兼修。外修习惯——学习、吃饭、体育、午休等做任何事都要有规矩，以制度养习惯，以习惯带作风；内修品质——树立初心，明白成人的责任。"

看着他两眼炯炯、侃侃而谈的态势，我知道他进入了一个场，这也是记者采访的最佳时机，立刻洗耳恭听。果然，他像在三尺讲台上手拿教鞭一样，潇洒地挥了一下手，继续说："搞教育要给学生渗透正能量的8个力——梦想力、激情力、吃苦力、抗压力、专注力、凝聚力、自律力、坚持力。梦想就是要有远大的目标，激情满怀地去学习；吃苦就是要懂得'少壮不努力，老大徒伤悲'。人在什么年龄阶段就应该知道干什么事，既想玩，又想考上好大学，那是不可能的。在高中，每一次考试都是挑战，考不好，在挫折面前不气馁就是抗压力。要让学生知道，在学校，一次考不好，还有下一次机会，可在社会上，不是老有机会等你弥补，一不小心就会造成终生遗憾。人有情商、智商、逆商，逆商是抗压力的一个组成部分。没有抗压力的人就会停留在情绪阶段，永远走不出泥泞崎岖的小路；有了抗压力就能正确对待困难，秣马厉兵，踏平坎坷成大道，下次再战，战则必胜。专注力怎么培养？学生在教室学习的时候，门开了回头看，跑操的时候东张西望，都要受到批评。好的作风坚持下去就是好习惯，就会成为学习的张力。高中3年，就是要做一个简简单单的人、纯纯粹粹的学生，就是要奋斗，就是要在人生最主要的时间段做最有意义的事。看到学生们拿到了名校的录取通知书，毕业后走上了为国家争光的工作岗位，我们当老师的就像农民用毛巾擦着汗水坐在地头上看到满地丰收的庄稼一样惬意、幸福。"

相对于男教师的总结，女教师是另一种表白。在"三八"国际劳动妇女节的时候，物理组的吴亚颖分享了做一名衡中女教师的幸福感悟。她从3个维度获得了幸福。

幸福的维度之一：坚持梦想。她虽然只有30岁，但是把衡中作为梦想也有20多年了。从牙牙学语时就要当老师，到跟妈妈承诺一定考上衡中、高考必考师大，再到4年苦练基本功，只为能重回母校，再圆衡中梦。大学毕业后她终于回到衡中，成了一名光荣的衡中教师，走上了追梦的道路。2019年，她参加了全国高中物理示范课比赛。在3个多月的准备时间里，她进行了无数遍课堂设计，每天中午在空无一人的教室里练习板书和教态，最终获得了全国30节创新展示示范课暨全国优质课一等奖。工作9年，她先后获得市、省、全国优质课一等奖。她总结说："郗校长说，学校发展首先是教师的发展。正因为有衡中这样优秀的平台，我才得到如此难得的发展机会，我很幸福。"

幸福的维度之二：实现超越。2020年6月，她担任了高一物理奥赛教练员。为了提前学好奥赛内容，暑假她把孩子送回了老家，每天晚上通过网络视频学习高数和物奥，每次上课前都在空教室里演练，写过的教案达上千张。"用自己的行动诠释了'追求卓越'的校训，实现了自我超越，我很幸福。"

幸福的维度之三：关爱学生。"当了母亲后，我发现自己变得越来越柔和，脑子里总是冒出这样的念头：以后我儿子上学，我要向老天祈祷他能碰上一位待他温柔的老师。将心比心，现在的家长把自己的孩子送来，我应该给孩子更多的爱。有一天晚上，我接到一个学生家长的电话，说孩子打电话说压力大，想让我帮忙代他去学校看一下。我撂下电话就往学校赶，很快把问题解决了。在关爱学生方面，我们女教师拥有得天独厚的优势。用我们的温柔、善良与真诚去温暖学生的心灵，我很幸福。"

有这样的环境，这样的老师，衡中的学生自然是幸福的一群人。

学校安排我在教工食堂就餐，我吃完了丰富的主食、菜品，看时间还早，转到了西扩区的一间学生餐厅，只见卖饭窗口的显示屏上有20多种饭菜，比教工食堂还丰富。一队队学生安静有序地走进去，排队打饭。几个女生进了餐厅旁边摆放水果的小屋，刷卡拿走了橘子、苹果、香蕉等时令水果，坐在一张桌子前，

第一章
幸福不会从天降

就着饭菜，细嚼慢咽地吃起来。一片祥和的气氛。

看着我有些疑惑的目光，一身白色工作服的炊事员老李师傅说："你就是来深入生活的作家吧。你大概听说过我们这里的学生吃饭像打仗、上来就疯抢吧，那是他们造谣哩，学生在这里幸福着呢。我们这里的学生吃饭时间是20多分钟。这个时间，不用说年轻人，就是你这个岁数的人也早吃饱了，孩子一点儿也不耽误学习。不过为了让孩子们节省时间，我们主动服务。你看，我们把保温桶放在餐厅中间，看到学生端着餐盘走来，赶紧把免费的蛋花汤盛到孩子碗里，让他们顺手端走。"

在回宿办室的路上，我碰到了一个高中一年级姓杨的女生。孩子高高的个子，落落大方，拿着作业本和语文书，随走随看，准备回宿舍午休。我问她来衡中半年多的感受，她说："感觉真是太好了！这里是一个让我们主动学习的地方，学校的环境促使我学习。老师讲的课我特爱听，作业也特爱做，时间也安排得特合理，从早晨5点40分起床，到晚上10点10分睡觉，中间还有1小时的午休，足足8小时。每天都精力充沛地晨读、跑操、学习，忙碌着，刻苦着，最大的感觉是快乐着，比我在初中强多了，那时虽然在家住，可每天做作业都到深夜十一二点，困得脑门疼。衡中，将是我一生最难忘的学习进步的快乐家园，我要在这里度过我青春奋斗的美好时光。我们开学时，郗会锁校长就说'无奋斗不青春'。老师，看您这年龄比我爸妈都大。我妈妈是音乐老师，我小的时候，她就教我唱一首歌，叫《幸福在哪里》：'她不在柳荫下，也不在温室里。她在辛勤的工作中，她在艰苦的劳动里。'"旁边，也是高一学生，学播音的特长生陈鹏宇看到我们谈话凑过来说："我来衡中很高兴，感到了被安排的乐趣。一个人在年龄还小、不能有效管控自己的时候，特需要别人来安排。衡中把我们的时间安排得特合理，让我们改变了许多坏毛病，从起床、整理内务、打扫卫生，到跑操、学习、思考等，养成了受益一生的好的生活习惯。'幸福在辛勤的工作中'，我目前的感觉就是，幸福在衡中的学习和奋斗里。"

他们说这番话的时候,脸上的表情是生动真挚的,大眼睛里闪动着一种光,这种光不是幼稚单纯的,而是经过水与火淬炼后逐渐走向成熟的智慧的光芒。

第一章
幸福不会从天降

愉快的歌声满天飞

我的宿办室窗户朝西,下午的秋阳暖暖地照过来,充满了温馨。3点40分,楼下的操场响起了雄壮而铿锵有力的跑步进行曲。一队队学生在举着班牌的领队带领下,带着激情,脚步唰唰,口号阵阵。穿着海军蓝色作战迷彩服的海航班的同学跑在最前面,挺胸、抬头、收腹,前不露肘,后不露手,上百双脚同时起落,跑出了战士的雄姿、军人的士气。平时爱运动的我赶紧下楼也跟着跑了一圈。这样的跑操早晨、上午、下午都有,每天3次。带队的老师告诉我,在衡中,跑操是一种效率、一种态度、一种品质,也是衡中精神文化的象征。每一次呐喊,都是学生们对自我理想的一次召唤;每一步前进,都是自我激情的一次点燃。如果说衡中学生有火一样的激情,每日的跑操就是引燃激情的火种之一。"行是知之始,知是行之成。"学生每日经历这样的激励,充满这样的激情,怀着这样的感悟,不管是现在还是将来,对待困难、对待学习、对待人生路上的一切拦路虎,绝对是信心百倍、豪情万丈、勇往直前的。

夕阳下的校园是沸腾的。东操场上,一场篮球对抗赛杀得难解难分。一个气势类似老虎的小个子运球如风,连续闪过几个对手,起跳反手投篮。对方担任后卫的大个子一个纵跃,两脚离地,一个漂亮的盖帽把球从半空砸到了线外。西操场上,一伙女孩子正在练习排球。发球、垫起、扣杀,天蓝色的小球在姑娘们的尖叫声和笑声中在空中飞舞。旁边,几个男孩子脚下的足球在绿茵场上滴溜溜地转着。

音乐排练厅里,周志勇老师拿起了他的指挥棒,曾经在维也纳金色大厅演奏过《茉莉花》《放风筝》的管弦乐队奏起了《拉德斯基进行曲》。

艺术楼里,在二胡、扬琴、古筝、琵琶的悠扬合奏中,一个女高音唱起了"我爱你塞北的雪,飘飘洒洒漫天遍野",甜美、浪漫,带着春天的气息。

艺术中心

电子钢琴室

第一章
幸福不会从天降

舞蹈社

社团活动室里，35岁的校团委书记、高二1902班的班主任郭永森老师带着他的学生们开始了新的创新。老资格的副校长康新江告诉我，小伙子毕业于陕西师大历史系，是宝鸡扶风县人，从小没出过西北黄土高原。一个偶然的机会，他从一本杂志上看到各地中学生课外读书统计表，发现河北学生读的书比陕西学生读得多，而衡中的学生读得更多，竟然达到了每人一年20多本。书香浓的地方出人才，本着这个信条，2008年他入职衡中后，在图书馆的借书单上按图索骥，找了一批对政治感兴趣的同学，率先成立了模拟联合国社团，引导和带领大家对世界各地发生的大事从国际视角去研究，进行分析、争辩、预判。他带着团队到北大国际关系学院参加比赛，在全国130多所中学中脱颖而出，赢得了出国参观的资格。他带着弟子们到过纽约，进过联合国大厦，开阔了视野，团队中许多学生考上了外交学院。其中，一个叫李松的同学，毕业后先担任了联合国秘书长的礼宾官，后来进了中国常驻联合国代表团。2014年，郭老师又搞起了模拟政协社团，组织同学们深入社会搞调查、写提案。去年，社团向上级提交了农村社区养老、农业节水灌溉、城市共享单车、建立环卫工休息驿站、非物质文化遗产武强年画及衡水内画的传承与保护等报告，受到了河北省委书记王东峰的批示和表扬。

王也为世界第一个中式八球女子冠军

副校长康新江说，衡中不仅是一个让人激情奋进的地方，更是一个广阔的多样化的平台。天高任鸟飞，海阔凭鱼跃。只要你有兴趣，有爱好，肯上进，多钻研，都能得到培养和提高，都能振翅高飞，实现理想化宏图。仅体育一项，就有高级教师8人、骨干教师4人、专职教练员34人、国家级裁判3人。学校自主建设有14支高水平运动队，包括短跑、短跨、中长跑、投掷、跳跃、射击、游泳、跆拳道、健美操、轮滑，以及男篮、女篮、男排、女排、男足、女足、男乒、女乒，是全国开设高水平体育运动队最多的中学之一，一直在河北处于领先地位，

第一章
幸福不会从天降

名列全国前茅。截至目前,衡中共培养了国家级运动员18人、一级运动员268人、二级运动员1000余人,先后为北京体育大学输送了50多名优秀学生,5次代表国家参加世界比赛,并斩获3项世界冠军。其中,王欣桐斩获"金云龙杯"国际跆拳道公开赛44公斤级冠军,曹安蚰斩获第二十九届世界健美操冠军赛单人操冠军,王也获得"乔氏杯"中式八球国际公开赛冠军。李纯键作为河北省参加冬奥会的第一人,受到了习近平总书记的亲切接见。同时,衡中还有清华美院毕业的画家老师、中国音协会员的音乐老师以及播音主持专业老师等。来这里的学生,只要你想成才,衡中都有平台。

办公楼求真馆旁边的莘元馆是老校区最大的会堂。此时,一群高三的学生刚听完全国政协委员、教育名家、新东方集团董事长俞敏洪关于青春、奋斗、励志的演讲,个个神采飞扬。918班的张怡昕和同学们激动地说着自己的感受:"走向成功的要义便是奋斗,唯有奋斗的璀璨星火才能点燃广袤的原野。3年的秉烛夜读、焚膏继晷,奋斗之心助他圆梦北大;数载书海遨游、厚积薄发,奋斗之力使他脱颖而出;多年筚路蓝缕、惨淡经营,奋斗之行让他走向辉煌。俞敏洪的涅槃让我们见证了奋斗的奇迹,而这一华丽的巨变也指引了在象牙塔边徘徊的我们——坚信奋斗才是定义青春最有意义的答案,于春华耕耘,收秋实硕果。"张爱悦也深有同感地说:"失败,不是对目标的望之弥远,也不是对他人的策马难追,而是个人与个人的自我较量。人生最高贵的品格是超越昨天。俞敏洪说,出身农村的他进入北大我国这一著名学府之后拼命追赶同龄人,却拼得患肺结核住院一年,而后幡然醒悟,只有今天的我比不上昨天才是真正的失败。因此,不要落入所谓的目标陷阱和比较陷阱,只有今昔的自我对比才能丈量失败与成功。"

衡中每年有100多位政要、院士、大学校长、名人、专家、教授来此做报告,这里的学生从青少年时代就能见到学术界最闪亮的星星、接触到世界上顶尖的知识和科研成果,怪不得这里的50多个社团年年都在省里和国家拿大奖,合唱团进入了维也纳金色大厅,这里的孩子有多幸福啊!

衡中学子在维也纳金色大厅演出

晚霞像节日的焰火,映红了整个校园,更像挂在天边的一条长长的红地毯,迎接着月亮女神的到来。我年轻的时候曾经在一家企业的文艺宣传队待过,对老歌情有独钟。看着这红红火火的衡中、群情沸腾的场面,想着这所名校创造的辉煌,随着向外走的脚步,我不由自主地哼起了那个高一女生说的殷秀梅唱遍了大江南北的歌:"幸福在哪里,朋友啊告诉你。她不在月光下,也不在睡梦里。她在精心的耕耘中,她在知识的宝库里。啊,幸福,就在你闪光的智慧里。"

正哼到得意处,刚出校门就被当头棒喝:"你这家伙还会唱这首老歌啊。"我一看,是我早年在企业时被大家戏称为"衡水土著"的一个姓张的老工友,有几分文艺天赋,参加过工人合唱团,现在70多岁了,退休后整天抱着一台砖头般的老式录音机听着老歌遛弯儿。此刻,他那个黑匣子里正放着1959年出品的《我们村里的年轻人》电影插曲:"樱桃好吃树难栽,不下苦功花不开,幸福不会从天降，社会主义等不来。"

我看着蔚蓝的天空刚刚出现的几颗宝石般的星星说："上天降给衡中学子们大把的幸福。"他说："这哪儿是天降的，我们家在这条老街上住了快100年了，我还不知道衡中？30年前你来看看，一个大破院子，几排破房子，一群土孩子，小商小贩在里边乱转，猪狗在里边随便窜。多亏了1992年上级给他们选了一个好校长，带着大家奋斗了这么多年，才有了今天的模样和幸福。我跟你说，这学校就跟工厂一样，一个好厂长能带出一家好企业，同样，一个好校长也能带出一所好学校。你看衡中的校长、老师们，按老百姓的话说，就是知道自己是干什么吃的，不白拿国家的工资，天天不白吃那几碗干饭。"

老市长述说崛起路

"政治路线确定之后,干部就是决定的因素",这是毛主席他老人家的名言。老工友的话提醒了我,幸福根本不会从天降,首先来自党的正确领导。寻根求源是记者的责任,我很快找到了1992年衡中的上级——衡水原市委(现桃城区)书记刘国选和当时的组织部长李文启。年近八旬的刘国选书记(后为衡水行署副专员、副市长)精神矍铄,稍一回忆便朗声说道:"衡中在'文革'前是不错的学校,省重点,在衡水全区也是排得上号的,'文革'后几经折腾就不行了,接连换了几任书记、校长都没有起色,高考升学率降到了全区的末尾。1992年在历史上不寻常啊,改革开放如火如荼。科学技术是第一生产力,到处需要人才,我们却连一所中学都办不好,心里着急啊。作为市委书记,选人、用人是第一等要事。经过考察,我决定起用30多岁的李金池。我让组织部长把他叫到我的办公室,问他:'想当好校长,你打算怎么办?'他说了三条:'第一,学校领导班子不参与分房子,全部分给老师;第二,校领导不参与评职称;第三,所有校长不涨工资。'当时学校新盖了一座家属楼,职称、工资按人员比例分指标。我一听,心里高兴了,觉得在这个年轻人身上有毛主席在《坚持艰苦奋斗,密切联系群众》中说的,'我们要保持过去革命战争时期的那么一股劲,那么一股革命热情,那么一种拼命精神,把革命工作做到底'。结果证明这个人用对了。不到4年,学校的面貌改变了,衡中的高考升学率由全区的末位到了名列前茅。人嘛,就是要有一点儿精神,只要把一种精神,尤其是我们党的优良传统在心底里立起来,按现在习近平总书记说的就是'不忘初心',长期坚持下去,就没有干不好的工作。"

当时的组织部长、年近七旬的李文启(后为石家庄市委常委、纪委书记,河北省纪委正厅级巡视专员)说:"我们组织部的责任之一就是考察干部。李金池上任后，我们一直在跟踪考察，在他身上，确实有一种严于律己、拼搏奋斗的精神。除了做到了对刘书记保证的三条外，他还提出了'追求卓越'校训，建立了教师坐班等制度，对学校进行封闭管理。他经常坐着一辆破面包车，领着老师到先进的中学参观学习。那时的衡中人出去可没现在这么受欢迎。"

李部长的话在我采访58岁的老教师王福胜时得到了验证。王老师说，自己是1994年从故城郑口中学调来的，那时衡中刚起步，在衡水还属于三流学校。李金池校长把全国办得好的高中的名单列出来，只争朝夕地带着大家去参观学习。大家晚上坐大轿子车出发，白天到达目的地，连饭都顾不得吃，随身带着干粮和水。"先后去过山东泰安一中、邯郸一中、唐山一中、石家庄二中等地，人家都爱答不理的，我们厚着脸皮跟在人家后边。大家早晨看跑操，看人家的管理制度，看人家怎么上课、备课，晚上回来找差距，改进我们的教学计划。1995年，学校教学成绩上了一个大台阶，成了衡水全区第一。要说衡中能走到今天，一是保持了艰苦奋斗的精神，二是博采了众家之长，三是不断创新，形成了自己独特的风格。"那时王老师才36岁，干事创业的劲头很足，连续10年带高三毕业班，许多学生考上了清华、北大、人大、复旦等全国名校。

说到那时的奋斗精神，同样58岁的王洪旺老师两眼放光。20年前，他年轻力壮，教两个班，一个毕业班，一个复习班。两间教室在两座楼，两楼相距100多米，两间教室一间在3楼、一间在4楼。为了赶时间，他来回一溜小跑。有一天在给毕业班上完课下楼时，一下子把腿摔了，他还是忍着疼痛爬上了复习班教室所在的4楼。腿肿了老高，他就让学生搬来小凳子，把伤腿垫起来，坚持上完了课。还有一年冬天，他下班时骑摩托车回家，撞到了滏阳河干马桥栏杆上，把脚指头顶烂了，包扎后鞋子穿不上，就穿着大棉袜子到校上课，心里就一个信念：不能耽误孩子们的学习。

宁可自己吃尽千辛万苦，也不耽误学生一分一秒——这是衡中一代又一代老师的共同信条。

根深扎沃土（长篇报告文学）
——这里是衡中

　　2020年11月5日，上午的阳光透过玻璃，折射到宽阔的走廊里，在洁净的地板上铺上了无数朵金色的小花，看着非常生动，暖得令人感动。我采访了数学研课主任侯老师，一位38岁留着短发，平静、睿智、人淡如菊的女教师。她给我讲了曾经与死神擦肩而过的经历。2019年8月24日，一个周六的下午，她开车去上班。由于前一天晚上备课很晚，当天上午开会到了12点多，中午家里有事又没休息，她想着下午的课程，就想早点儿到教室准备。过了枣衡路，拐弯往西，快到牧马庄园的时候，她觉得有点儿困，便打开车窗通风，顺利地绕过了修路设置的障碍，直接向南，然后估计几分钟便可以到学校，可是没有"然后"了，她昏过去了。等她醒过来一看，车子撞到了兄弟中学门口的护栏上，车里冒烟了，气囊也弹出来了。发现自己还能动，她淡定地下了车，开始打电话，首先打给他们教研组的李昭阳老师，让其替自己给学生上课，并说明了备课的新体会和讲解要点，接着向学校请假，最后才打电话报警、通知保险公司和家人。一系列电话打完，她才观察现场——车正好撞到了护栏石礅上，水箱漏了，车胎撞爆了一个，手被烧伤，脖子被安全带勒出了血。第二天，她要去省城参加一个研讨会。为了学到新的教学知识，她自认为自己平常身体很好就没去医院，而是直接赶到了会场。中午她感到头晕、恶心、吃不下饭，但还是坚持听完了下午的报告，半夜才回到家。周一早晨她照常到教室上课，上完两节课后才抽空到医院检查。医生说，恶心是因为撞车后脑震荡，得赶紧回家休息几天。她淡定地拿了一些药，下午照常组织了研课主任会，晚上继续盯守自习。

　　这么惊险的事她竟然用非常平淡的语气讲着，我说："你想过没有，如果当时有别的车经过，对方再开得快，你的小命不就没了吗？"她笑着说："不是没有吗，我的命大啊。其实，当时根本没想这些事，光想着给学生上课了。在我们高三研课组，这样的事多了。杨柳老师骑电动车被撞了，胳膊上摔出了一个十多厘米的大口子，包着纱布照常坚持上班，王国红老师、韩红梅老师经常带病坚持工作，大家都毫无怨言，从来没有因为个人的事情耽误学生一节课。郗会锁校长在毕业典礼上说,生活有时候像水中的鸭子,优雅需要底气,华丽需要实力。你必须非常努力,才能看起来毫不费力。每一个光鲜亮丽的人背后,都隐藏着你无法想像的坚持与奋斗。我作为学科带头人,有开不完的会、审核不完的习题、操心不尽的琐事。白天安排组内的事,自己的备课任务只能往后拖,挪到中午,挪到晚上。每天中午12点之后到晚上9点30分以后,在备课区里看到最多的就是我们这些负责研课的人。我们是工作上的女汉子,也是那个不着家的人;我们是老师,也是父母、儿女。我们爱工作却也渴望休息,但看到孩子们渴望知识的眼神,我们还是会选择默默付出。或许我们有过抱怨、有过泪水、有过委屈,但看到学生们考上名校,当学生们兴奋地和我们拥抱,我们的付出是值得的。"

她说这些话的时候,脸色依然是平静的,口气依旧是淡淡的。这种平静是把衡中激昂奋斗的精神融化在血液中、落实到一言一行里的习以为常的平静,是冲过高山峡谷、越过急流险滩来到大平原上的江水,沉静、优雅。大音希声,大爱无疆,水越深,其流也无声。

相对于淡定的侯老师,在一次班主任才艺展示会上,青春洋溢的高一部李金老师用一首炽热的诗表达了自己的内心世界,诠释了衡中人的奋斗精神。

班主任——无上荣光

将话语化作春风,将微笑化作阳光,

我们是他们真诚的陪伴者,我们是他们衷心的守护者。

我们无私,用青春换取他们的成长;

我们奉献,用肩膀挺起他们的脊梁。

这就是班主任——一个奉献的职业,

这就是班主任——一个伟大的职业,

无上荣光。

踏着晨曦进入校园，迎接孩子们的笑脸；

背着月光走出宿舍，与孩子们互说再见。

职责与梦是来时的华章，孤灯与铃是去时的颂歌。

每日工作虽然劳累，但是，

假如我坚定的目光能抬起少年们的希望，我便无悔，

因为我承载着班主任的无限荣光。

与亲爱的孩子们交谈，

把人生的路指点，把迷茫与疑惑驱散，

已是束发豆蔻的他们，又露出了可爱的笑脸。

安慰的不仅仅是学生，更是一个个天真的心灵；

陪伴的不仅仅是班级，更是一个个家庭的希望。

因为热爱，我热情地忍受寂寞，演绎平凡；

因为执着，我微笑着擦去功利，写下希望。

选择"班妈"，我无怨无悔；

甘为人师，我激情永怀。

我不会用金钱衡量我的价值，因为我知道，

我不是栋梁，但我的事业是栋梁；

我不会让激情化作一潭死水，因为我知道，

我不是未来，但我的事业是未来。

当我的学生站在领奖台上，当他们进入科学的神圣殿堂。

在那世界各地遍布着我们的桃李，在这乾坤的方圆遍布着我们的春晖。

或许此时，我已是丝丝白发，

> 蓦然回首,泪水滴下青春已逝的脸庞。
> 但我欣慰,但我骄傲,
> 因为,我的付出在孩子们身上散发了无尽的光芒,
> 这就是班主任的无上荣光。

她朗诵的时候,我坐在莘元馆舞台下的第一排,清楚地看到她的表情是真挚的,眼里闪动着泪花,没有故作高深,更没有装腔作势,是真情的流露,是一颗赤子之心在跳动,是全体衡中人的心声。

幸福在教书育人的汗水里,在对一种精神追求的奋斗里。

众志成城战瘟疫

伟大的精神来自伟大的斗争实践。精神需要传承，只有在一次次伟大的斗争实践中传承，尤其是在急难险重的历史拐弯处，这种伟大的精神才能绽放出璀璨的芳华。当年毛主席领导了中国工农红军从井冈山到延安的战略大转移，才有了伟大的长征精神。

风平浪静显不出艄公的本领，沧海横流方显英雄本色。

2020年元月，新冠病毒肆虐武汉，全国震惊，中华大地气氛陡然紧张起来，封城、停航、禁行，企业停产，人员流动受限，学校延时开学，打乱了人们正常的生活节奏，更给学校的教育教学带来了压力。新冠病毒，这个恶魔正在夺走人们的安详与幸福。

早晨，刚刚接任衡中校长不到两年的郗会锁轻轻移开昨日挑灯夜读的《习近平谈治国理政》，望着滏阳河面上的浓雾沉思着，思绪流动回到盛产花生、小麦、玉米的故乡。自己在那片黄土地上砍草、锄地、求学，直到18岁考上河北师大才见到火车，才知道什么叫公交车，毕业入职衡中后深深体会到了学习改变人生、知识改变命运。在老校长的栽培下，他很快当上了班主任、级部主任、教务处主任和副校长，站在三尺讲台上看着孩子们一双双渴求知识的眼睛，感到了肩上的责任，忘不了自己在西藏阿里支教时站在世界屋脊上写下的诗篇——"人至不惑意尤侠，只身向天涯，驰骏马。万里尽享酥油茶，百川源，风雪映莲花。看戈壁黄沙，边地荒崖处，有人家。蓝天碧水多豪气，千山祖，丹心展芳华"，不单是抒发自己的一腔热血和豪情，更多的是感激组织的信任与培养；更忘不了上任时市委领导的谆谆教导，语重心长的嘱托。衡中，这个自己工作了20多年的地方，从弱小到强大，浸透了前辈们辛勤的汗水，是历任老校长的开拓创新、奋力拼搏的奠基，呕心沥血地求发展，才使这里成了中华第一名校，成了高中教育的巅峰。风雨兼程的路上他们凭的是一种精神。习近平总书记说:"精神是一个民族赖以长久生存的灵魂,唯有精神上达到一定的高度,这个民族才能在历史的洪流中屹立不倒、奋勇向前。"我们党在长期奋斗历程中形成的优良传统和革命精神,正是这样一笔宝贵财富,这笔财富代代相传,不断激励着中国人民攻坚克难,努力奋斗。郗校长提出了"三个有利于""四大办学战略""五大办学指南""六知六爱六荣教育""八大师德师风工作纪律"等一系列贴近新时代新阶段的新规划,带领全校师生意气风发地走上了第二次创业的康庄大道。目前的疫情是困难,也是大考,更是提升衡中人发扬革命传统、弘扬奋斗精神的机遇。

领袖的教导拨云见日。望着河面上逐渐散去的雾气,郗校长的心情如同清亮的河水一样明朗,整个人如初升的太阳一样朝气蓬勃,思路明确了:要发扬衡中人特别能战斗的精神,团结奋进战胜瘟疫,让幸福回归。郗校长立刻召开了领导班子、级部主任、研课主任、班主任、后勤部门人员一系列会议,明确提出:面对疫情的压力和挑战,我们衡中人立德树人的根本任务不能变,要迎战、要创新、要奋斗,肩负起疫情防控期间教育的使命与担当,传递出教育的温度与价值,要在特殊时期用特殊的方式、方法,给学生带来终生难忘、终身受益的教育,书写衡中历史上的新篇章。

衡中人特别能战斗的精神发挥出来了。6个专门小组成立、到岗,一批批防疫和生活物资在严格的监控下进校,学校网站、微信公众号、家校互联平台在无数双手指灵敏地敲打键盘的乐声中频频互动,一个个重要通知、防疫知识、倡议书适时发出,老师通过短信、微信、QQ迅速联系到每一个学生,摸排的询问、问候的话语、鼓励的谈话、问题的解答在屏幕上跳动闪烁。居家独处的孩子们看到了老师和蔼可亲的笑脸,暖暖的春意荡漾在他们心间。

天大地大不如学生的事情大,把教书育人时刻挂在心坎上是衡中人的思维定式和习惯模式。现教处主任王辉腊月三十晚上回安平县老家陪老人过年,闻着热气腾腾的饺子香味,看到中央电视台对武汉疫情的报道,手中筷子立刻停了下来，马上预判到学校要停课不停学，亟需做一套登记程序。第二天一早，他告别了老母亲，开车赶回学校，召集技术人员设计出了健康登记软件和报备流程，调试出了钉钉等云直播授课的软件，在线上突击培训。果然，正月十七，任课的老师被召回了校园，研课、备课，开始了"云"直播授课。

在衡中的教师中，年龄在40岁以下的占大多数，还有不少夫妻同在教师岗位上，上有老下有小。在疫情的大考面前，他们都牢牢记住习近平总书记"办好人民满意的教育"这一教导，把人民教师的使命稳稳地担在了肩上，负重前行，用汗水和泪花演绎出了一幕幕动人的情景，让"责任担当、激情实干、团结精进、和谐共生"的衡中精神进入了更加广阔的领域和更高的境界。

信岩和王璐这对夫妻同是物理老师，一个是高三的班主任，一个是高三的研课主任，家里不仅有2岁的宝宝、年近60岁的母亲，还有一位81岁的姥姥。他们咬牙把全家搬进了学校的教工宿舍，两口子白天黑夜盯着学生学习，还要抽空照顾老人、孩子。有人问："你们一家人住在一间宿舍里，习惯吗？"他们说："高三是学生的关键时刻，自己家里的事再大也是小事。何况，学校贴心地为我们准备了大到床垫、脸盆，小到毛巾、牙膏、牙刷等生活物品，我们还有什么理由不把孩子教好呢？"姥姥见人就乐呵呵地说："我都80多岁了，没想到还能在衡中体验一把校园生活。每天看着孙女、孙女婿给孩子们上课，我甭提多高兴了。"

张姣姣老师和张东营老师一个教高三、一个在初三任课，封校前夕，把两个孩子留给了老人。针对孩子也要上网课的情况，他们把平板电脑、手机的APP怎么开、怎么关、密码一一写在纸上，看着老人反复演练。每天抽空视频联系时，看到孩子眼巴巴盼望父母回家的眼神，老人戴着老花镜满头汗水操作电脑时，夫妻俩心头都有一股酸痛，但一想到明天的课程，毅然关掉视频、擦干眼泪，回到备课的题海中、钉钉讲课的岗位上。

女教师张静的孩子刚刚2周岁，接到返校的通知后，把怀里撒娇的宝宝亲了又亲，扭头擦掉了泪水，打点行装，踏上了征程。

第一章
幸福不会从天降

一位不愿透露姓名的女教师把不到半岁的孩子强行断奶,给婆婆写了一封信:"亲爱的妈妈,我就要离开咱家的宝贝,到学校封闭上网课去了。拜托您,辛苦了!再见了,亲爱的妈妈!亲爱的孩子!疫情已经到来,我就要奔向战场。看满地春花含苞欲放,怎能让我的学生闻不到书香。您在家把咱们的宝宝看好,就是我最大的幸福和期望。当我们战胜瘟疫,把知识的雨露浇灌在学子们的心田上,我就回来和您一同看宝宝的笑脸,共同举杯享用团圆饭菜的清香。"

这就是衡中人的精神,衡中人的情怀。

"云升旗"讲话上热搜

在2020年2月24日的清晨,郗会锁校长把这种精神提升到了一个新的高度。

这天,迎着灿烂的朝霞,郗会锁带着着装整齐的领导班子成员,迈着自信的步伐来了。雄壮的国歌声响起,他健步登上主席台,亲手将一面鲜艳的五星红旗在朝阳中升起。面对着空旷的操场,他似乎看到了万千衡中学子和他一样举起了右手,向伟大的祖国致敬。

他昂头挺胸,炙热的语言喷薄而出。

亲爱的老师们、同学们,尊敬的家长朋友们:

大家早上好!

今天,本该是师生齐聚,共升国旗,然而,由于新冠肺炎疫情,我们只能以这样的方式隔空相见,但此刻,我希望你们无论身在何方,都能依然保持一颗崇敬的心,向鲜艳的五星红旗致敬,向亲爱的祖国致敬,向英雄的城市致敬,向逆行的医者和爱心人士致敬,向英雄的人民致敬!2020,爱你爱你,这本是一个蕴含爱意的数字,却因为一场突如其来的疫情,让这份爱增添了一份慷慨悲壮和沉重坚定。2020年,我们展开了与病毒的较量,这是一场看不见硝烟的战争,但我们能在这场战争背后看见一个国家、一个民族为此做出的努力和付出的牺牲。

从疫情暴发到一声令下,党中央迅速做出反应,国家机器高速运转,19个省份对口支援,1000多万人的武汉一夜封城,9000多万名党员成为抗疫的排头兵,14亿中国人令行禁止、隔离待命,创造了一天6000多名医护人员抵达武汉的纪录。10天建成火神山医院,12天建成雷神山医院,武汉方舱一夜投入使用,每个紧闭的门口都写满坚定,每个鏖战的夜晚都托起黎明。在灾难面前,我们看到的不是杂乱无章、哀鸿遍野,而是忙碌中的井然有序、苦痛中的守望光明。

第一章
幸福不会从天降

基辛格在《论中国》中讲,中国人总是被他们之中最勇敢的人保护得很好。鲁迅先生也曾说,我们自古以来,就有埋头苦干的人,有拼命硬干的人,有为民请命的人,有舍身求法的人。

在肆虐的病毒面前,我们看到了。我们看到的是84岁仍带队出征的钟南山院士,看到的是每天只睡3小时与死神赛跑的李兰娟院士,看到的是身患绝症仍坚守第一线的张定宇院长,看到的是武汉大学人民医院张旖的《与夫书》,看到的是剪掉一头长发的河北护士肖思梦,看到的是脸上被防毒面罩勒出深深印痕的军人刘丽,更看到的是一个又一个普通平凡的中国人。

其实,哪有什么生而英勇,只是他们选择了无畏与担当;哪有什么从天而降的英雄,有的只是挺身而出、披上战袍的凡人。他们是医生,是护士,是记者,是工人,他们是千千万万奋战在抗疫一线的英雄勇士。他们还是丈夫,是妻子,是父母,是孩子,是舍小家顾大家、用生命守护生命的中国人。他们身上有着不屈的脊梁,有着伟岸的灵魂,他们身上闪耀着同心协力、英勇奋斗、共克时艰的中国精神。

我们不幸突遇疫情,但我们又何其有幸生活在这样一个伟大的国家,具备这样优秀的政治制度,拥有这样勇敢坚强的人民。灾难本身就是一剂良药,并不只带来悲伤与苦涩,也能带来重塑与光明。纵观中华民族乃至整个人类的发展史,我们可以发现,社会的每次跃迁,文明的每次升华,都伴随着各种形式、各种形态的痛苦与灾难。

上古时期,中华民族就有女娲补天、精卫填海、大禹治水的战天灾的传说。近20年来,我们更是经历了1998年的洪水、2003年的"非典"、2006年的禽流感、2008年的汶川地震和南方特大雪灾等各种大灾大难,好像我们一直在夹缝中求生存,好像生活本来就如此。罗曼·罗兰说,真正的勇气是知道生活的真相却仍然热爱生活。今天,可能很多同学都已经习惯了接受中国强大的事实,但新中国的大厦绝不是一天建成的,中华民族的伟大复兴也不是轻轻松松、敲锣打鼓就能实现的，每次灾难都是为其加固钢筋。地震发生后，我们会建造更加结实的房子，提升抗震等级；洪水发生后，我们会建设更坚实的堤坝，进行更科学的水源管理；疫情发生后，我们会更快地研制新药，更快地调动资源提升防控能力。中华民族的大厦正是在这一次次的加固中，不断巩固，不断发展，不断壮大。风会吹灭火焰，但也会使火焰越烧越旺，打不倒我们的，终将会使我们愈加强大。我知道，在这次疫情中，你们看到过忧虑，也看到过担心；看到过牺牲，也看到过泪水。但我也相信，你们还看到了无所畏惧的坚守，看到了执着逆行的勇气，看到了涓滴成河的大爱，看到了生生不息的努力。不用怀疑，在这场疫情过后，我们将看到更加团结的中国人民，我们将拥有更加强大的综合国力。契诃夫曾说，困难与折磨对于人来说，是一把打向坯料的锤，打掉的应是脆弱的铁屑，锻成的将是锋利的钢刀。老师们，同学们，在疫情面前，没有局外人，在雪崩之下，没有一片雪花是无辜的，每一张安静的书桌都来之不易。

所以，我希望你们能够在这次疫情中学会感恩。感恩父母，感恩老师，感恩社会，感恩一个个坚守岗位的白衣天使，感恩一队队临危受命的最美逆行者，感恩他们为你们撑起的晴空万里。

我希望你们能够学会敬畏。严格遵守国家的各项要求，做好个人防护，少外出、不聚餐、戴口罩、勤洗手，敬畏生命、敬畏自然、敬畏规则、敬畏人心，不因年少而自持，不因勇敢而无畏。

我希望你们能够学会担当。有人说，2003年，全中国守护着90后；2020年，90后守护着全中国。身为00后的你们，要牢记保护过你们的祖国，牢记那一个个前赴后继的身影，如果未来一旦灾难来临，你们也有能力去保护他们，承担起应该承担的责任。

我希望你们能够学会珍惜。珍惜生命，珍惜阳光，珍惜友谊，珍惜健康，珍惜我们现在拥有的一切，珍惜人世间一切美好的东西。

我希望你们能够学会思考。多读书、读好书，多阅读些时政新闻，思考事件的真相，不被谣言蒙蔽；多阅读些传记故事，看看人生百态，找到生活的乐趣；多阅读些经典作品，跟随名家的脚步，寻找生命的意义。

我希望你们能够学会自律，规划好自己的学习，疫情不仅能延长假期，也能够拉开人与人的距离；我希望你们能够静心，抓住这个黄金时期，实现追赶超越，不断提升自我；我也希望你们能够学会乐观，无论在什么条件下，都能努力把生活过得生动、有趣、有意义。

道阻且长，行则必至。同学们，寒冷的冬天将会过去，温暖的春天必将到来，你们将回到这个曾经想离开现在却一直想回来的地方，回到这个你们曾经一起并肩战斗过、努力过的地方，回到这个让你追梦、助你圆梦的地方。

加油，每一个身后刻着"追求卓越"的学子！加油，每一份坚定不移不离不弃的勇气！加油，每一颗胸怀祖国火热跳动的真心！加油，衡中！加油，武汉！加油，中国！

同学们，校园的迎春花就要开了，我们美丽的校园等你们归来！

天上的云雀高声喝彩，地上的绿树在晨风中点头致意。

郗校长的这篇讲话稿我原来草草浏览过，写这本书的时候，本来只想从中摘几句，但仔细读了之后，不由自主地全部抄录下来，因为它深深地感染了我，感染我的不是脱离了机关"八股文"的引经据典、遣词造句，而是用火一样的热情把社会主义核心价值观淋漓尽致地表达出来了，直击心灵。据统计，那天，衡中历史上前所未有的"云升旗"直播有上万名衡中学子和他们的家长一同收看。在桃城区税务局宿舍，80多岁的马爷爷和他在衡中读书的孙子及家人一起早早地站在了电视机前，举起了右手，向国旗致敬，向不凡的衡中人敬礼。他说，自己是随着新中国成立的礼炮声进入革命队伍的，这是他一生中参加和看到过的最美的升旗仪式。

这次"云升旗"直播讲话，引爆了网络，进入了热搜，浏览量超过了2亿，受到了中央许多媒体的关注,中央电视台著名主持人白岩松连线和衡中对话。为此,《人民周刊》专门采访了郗会锁校长。

记者犀利地问道:"这么大的浏览量您事前有过预估吗?衡水中学一直备受关注,'云升旗'不怕被人说成'作秀'和'形式主义'吗?"

郗会锁校长沉稳地答道:"对于这次升旗仪式,我们一开始就非常重视,认真进行了安排,制订了详细方案,提出了明确的工作要求,力求做到谋划细、内容实、信息多、形势新、行动快、质量优、力度大、效果好,努力给学生终生难忘、终身受益的教育。真的没想到这次升旗仪式会有这么高的关注度,也没想到新闻报道有这么多的浏览量,我们原本只想扎扎实实地做好教书育人的每个环节、每项工作。浏览量大是好事,我们很欣慰,并且,绝大多数人都认可、赞赏这种方式。至于有人说那是形式主义,我们并不这么认为,因为人生需要仪式感。比如,每年春节回家,我们兄弟几个都要给老娘规规矩矩地磕个头,这是形式还是仪式?再比如,我们结婚基本都要举办婚礼,那是仪式,能说是形式吗?仪式本身就具有教育价值,我们通过极具仪式感的活动,让学生感受到一种不一样的氛围,可极大地触动、震撼学生的心灵,潜移默化地改变其学习状态,进而不断增强责任感和担当意识,提高人的精神境界,升华人的精神,奠基人的未来持续发展。"

大唐之大,大在格局;盛唐之盛,盛在精神。2020年2月24日的那个清晨,衡中的校长以教育家的大格局,直抒胸臆,把这所名校的精神带入了新时代的新境界,伴随着第二次创业的步伐雄赳赳气昂昂地走向理想的彼岸。

第一章
幸福不会从天降

"老品牌"赋予新内容

　　创业需要创新。经过抗疫斗争的洗礼，衡中人大步迈进了新天地。2020年4月开学后，衡中在"立德树人"、促进学生德、智、体、美、劳全面发展中，按照郗会锁校长"人无我有、人有我优、人优我精、人精我新"的要求，开学第一天就组织学生读《习近平的七年知青岁月》，把"平语近人"引入了课堂。大家一起学习总书记"人生在勤，勤则不匮""幸福不会从天降，美好生活靠劳动创造""'志之所趋，无远弗届，穷山距海，不能限也。'对想做爱做的事要敢试敢为，努力从无到有、从小到大，把理想变为现实。要敢于做先锋，而不做过客、当看客，让创新成为青春远航的动力，让创业成为青春搏击的能量，让青春年华在为国家、为人民的奉献中焕发出绚丽光彩"。老师们查找资料、旁征博引，讲述老一辈革命家少小立下凌云志、艰苦奋斗攻坚克难、敢教日月换新天的故事，讲述总书记当年不到20岁，在黄土高坡上抡起砍土镢，带领乡亲们治山治水求幸福的事迹。郗会锁校长再次提出了"无奋斗不青春"的号召，让共产党人的奋斗精神深深地扎根在了每个学生的心田。

　　理论要付诸实践，实践还要创新，他们把坚持了20余年闻名全国的80里远足、成人礼等老品牌活动增添了新的内容，以亮丽的新姿展示在了世人面前。

　　国庆节前夕，《远足之歌》在校内响起："背起行囊，载着梦想，我们快乐起航。号角响亮，激情绽放，青春的脚步不可阻挡。一路欢歌，旗帜飘扬，阳光中分享泥土芬芳。亲吻绿色，放飞希望，征程中我们历练成钢。告别娇弱，握住坚强，成功就在前方。挑战极限，超越梦想，串串脚印书写顽强。齐心携手，乘风破浪，较量中放射爱的光芒。沐浴阳光，展翅飞翔，风雨中奏响和谐乐章。"衡中1000多名学生排着整齐的队伍走出了校门，统一的"追求卓越"的校服、踏平坎坷成大道的旅游鞋，身上背着小马扎，向着美丽的衡水湖畔进发。每个班一个方队,班主任走在最前面。惠风和畅的大路上,红旗飘扬,脚步唰唰,歌声阵阵。宣传组的老师们煞费苦心,循着红色文化的根基和脉络,发挥了革命浪漫主义的想像力,搭起的出征门、凯旋门威武壮观,每1000米设一个里程碑,每5公里设一个展牌,用生动的图文并茂的宣传画诠释着井冈山精神、长征精神、延安精神、太行精神、航天精神、抗疫精神。班主任一边随走随讲每种精神背后的故事,一边唱红歌鼓舞士气。在看到井冈山精神时,班主任适时唱起"穿草鞋(那个)背土枪哟咳罗咳,反围剿(那个)斗志旺罗咳罗咳,毛委员和我们在一起罗咳罗咳,咳!天天打胜仗打胜仗打胜仗";说到长征和延安,全体齐唱"红军不怕远征难,万水千山只等闲""风在吼,马在叫,黄河在咆哮,黄河在咆哮。河西山冈万丈高,河东河北高粱熟了。万山丛中,抗日英雄真不少,青纱帐里游击健儿逞英豪"。一路走,一路歌,来到碧波荡漾的衡水湖畔,同学们解下背上的马扎,如同一支训练有素的部队,齐刷刷地坐在树林里,听老师讲13岁的女红军战士在长征路上把脚指头冻烂了,自己切下来继续前进,一直到达了陕北;八路军长途跋涉之后,驻扎到村里给老百姓担水、扫院子。同学们听后主动起身捡拾湖边的垃圾。席地用餐之后,整个宿营地没有一张纸片,没有一点儿食渣,引得路人和游客啧啧称赞。

11月21日晚7点多,高二年级115班的班长郑沫尧和他的同学单兆佳兴致勃勃地和我谈起了参加远足的体会:打着红旗,唱着红歌,浑身充满了力量,尤其是看到所有的公交车都给他们让路,大路两旁的人为他们加油,感到了作为衡中人的自豪;在美丽的衡水湖畔,结合自己学到的地理知识,辨认花草,听老师讲温带植物的生长特点,增加了实践知识;回来的时候虽然感到累,但看到路标,听到歌声,依然往前飞奔;人生的路就是一场远足,要想走得远,看到绝美的风景,就要一刻不停地奋斗。

远足路上

远足赋

远足走出了衡中人新的气概,2020年高三的成人礼许多细节的设计让人震撼、感动。金黄与翠绿相交的季节里,衡中校园里花红柳绿,偌大的操场上氛围温馨,五颜六色的彩带上写满了各个处室对孩子们的祝福语,红色的地毯两边摆放着绿植和花卉。一丛丛绿植形状各异,从矮到高,从发芽、长叶、开花到长大,象征着孩子成长的过程。时光隧道里,每个学生从婴儿宝宝、天真儿童、花季少年到蓬勃青年的照片挂在了小树上。父亲牵着女儿的手,母亲挽着儿子的胳膊,一路走,一路看,一路回忆成长的岁月。亲人深深对望,幸福的泪花闪闪,激动的心情无以言表。在博雅馆的路上,每个台阶上都用红色的楷体字写着一句诸如"走好人生第一步"的励志成才的格言。进馆后,《烛光里的妈妈》《时间都去哪儿了》的音乐声响起,1.8米的象形蛋糕上插满了蜡烛,1000多名学生在家长的陪伴下双手合十许愿,场面壮观而又肃穆。前来参加活动的特邀嘉宾、著名歌手戴玉强感动了,小声对周志勇老师说:"衡中的这个活动太震撼、太直击心灵了。要不是感冒,我一定要为孩子们唱一支深情的歌。"

冠礼仪式

许愿现场

而后是互相交换信件——孩子给爸爸妈妈的信,大人对孩子的祝福,朗读之后彼此紧紧拥抱,互相看着对方泪流满面、心潮澎湃。孩子看到的是父母头上的白发、脸上的皱纹、半生的辛劳,流下的是感恩的泪;父母看到的是孩子青春的脸庞、成熟的眼神,流下的是成功、喜悦的泪。泪花交织在一起的是"孝悌、忠信、礼义"的结晶。

看到这些,紧跟新时代要求而精心设计这个仪式的校长和老师们欣慰地笑了,一种巨大的幸福感涌遍了全身。

创新来自守正,每年的成人礼都有感人的故事发生。2013年成人礼即将举行的前几天,一个同学的妈妈找到了教高三的郝老师,说:"小李的爸爸在外地出差,我是他的继母。他不让我来参加他的成人礼。其实,我对他挺好的。"说着说着,这位特殊的妈妈竟然哭了起来。看着对方酸楚的神情,郝老师一直想着怎么处理好这件事。

交换信件环节(一)

交换信件环节(二)

第一章
幸福不会从天降

交换信件环节（三）

举办成人礼那天是郝老师为小李行的加冠礼。在《母亲》的背景音乐中进行到"心灵沟通"的环节，家长和孩子交换信件时，莘元馆内不断传来孩子读到家长来信感动的哭泣声。郝老师注意到没有家长陪伴的小李神情落寞，几滴眼泪悄悄地在脸上滚动、滑落，趁机走上前，拿出了继母写给他的信，凑到耳边告诉他："小李，你妈妈托老师把这封信交给你，并转告你说，'虽然我们的家庭和别人家有些不一样，但我一定给你和其他孩子一样的幸福'。"见小李的脸上露出了惊讶和感动，郝老师继续说，"成人意味着担当，你要让关心你的人、爱你的人感到幸福，而不是用冷漠制造痛苦。你妈妈非常想陪伴你过成人礼，你愿意给她一个机会吗？"小李使劲地点了点头。"那好，你妈妈就在莘元馆门口，她一直站在那里。"小李一愣，擦了擦眼泪向门外跑去。事后，这位继母激动地对衡中这位年轻的老师说："郝老师，是您拯救了我们的家庭，改善了我们的母子关系。好几年了，他第一次喊了我妈妈，第一次对我露出了笑容，第一次拥抱了我。我们家一辈子感激您。"

高二年级的杨仲烨参加成人礼后,写下了一首《冠礼赋》,其中有一段是:"加冠,加冠,加以雄才之冠,于是委往昔之慵懒怠惰,乘来日之破浪长风,持才学兮五车八斗,效千古兮儒官书生。公瑾羽鹅扇,万里罹天火烬;子安登阁,须臾朱华胜笔。思天骑面临天下,梦文曲面行文章。胜迹江山,徜徉雄文;千年文明,辉耀长卷。雁行北面风而歌,天倾南而地无限。袭曼胡之缨,短后之衣,命不限于己身,而系国之重托。熟习少年论,明读书志,承一国荣辱,担民族复兴。时春风拂面,花旗飘展。既已行冠礼,则改童稚之容面,行弱冠之作为,身披韶华,不负年少。"

幸福不会从天降。幸福在哪里?在传承中华民族优秀道德的活动里,更在弘扬共产党人一往无前、团结精进、众志成城、创新进取的奋斗精神里!

第二章　众手浇开幸福花

苏联伟大的作家高尔基说，母爱是世间最伟大的力量。没有无私的、自我牺牲的母爱的帮助，孩子的心灵将是一片荒漠。郗会锁校长常说："当老师要有一颗妈妈的心。"梁辉副校长给后勤部门开会时说："炊事员做饭时要想这些学生是自己的孩子，你应该怎么办？"

衡中的纪委书记李庚哲既是我第二故乡的老乡，也是过去在市委工作过的老同事。这个曾是解放军野战军副团长的钢铁汉子对我说："衡中老师为学生做的许多事让我直想哭。郗校长说这是一种人文精神。"

是的，人文精神的核心是"以人为本"，把人放在最重要的位置上，尊重人的价值，它是构成一个民族、一个地区文化个性的核心内容，是衡量一个民族、一个地区、一个单位文明程度的重要尺度。在以后的采访中，我逐渐体会到了衡中老师对学生无私奉献的博爱——爱学生的一切。为了让这些青葱的小苗、待放的蓓蕾茁壮成长，开出鲜艳的花朵，长成参天大树，他们把对学生生活上的体贴、困难时的扶助、心灵上的沟通、教育中的启迪、别出心裁的鼓励、组织活动的新颖做到了一般人难以企及的高度。衡中的教育真正做到了点燃学生热情的有温度、高智慧和培养优雅兴趣的教育，像高山一样挺拔雄伟，像大海一样宽阔深情。

教书育人既是真感情的投入，也是一门科学。

衡中人组成的学校 logo

第二章
众手浇开幸福花

十九大代表的育人情怀

2020年11月3日和4日,我连续采访了两位老师。其中一位代忖老师,石家庄市辛集人,是2001年入职的女教师,现任教师发展中心副主任。她大学毕业来校的第二年就带高三毕业班。军训时,她班一个男生说肚子疼去了厕所,进去后不见了人影,一个男老师去厕所看了看,出来对她说,学生把屎拉在了裤子里,不好意思出来。代忖在外面站着,等人少了带他回宿舍,让他换了衣服,自己把带着屎尿的裤子洗了。楼管员说:"你一个23岁没结婚的大姑娘可真行啊。"她说:"这和结不结婚没什么关系,当了老师就要有一颗母亲的心。"她把衣服晾晒好,随即领着学生到医务室拿了药,看着他吃了才继续去备课。

她跟我叙述这件事的时候,语调是平静的,一副"应该如此"的样子。作为政治老师,她看问题很有社会性。她认为,刚进高一的学生有许多不良习惯,以自我为中心的意识较强,加之没住过校和家庭娇惯,表现为:想吃就吃,想走就走,不知道制度;不会劳动,不知道笤帚怎么拿、劳动工具怎么使;远足时不认识农作物;不知道钱是怎么来的;一说话就是"我认为"。针对这些问题,她把课堂搬到了田野里,教学生学会使用劳动工具;远足时锻炼他们的意志,增强纪律性;成人礼时让他们认识到父母的不易;带着他们到学校扶贫点参观体验;抽时间在操场上开办跳蚤市场,让大家推销自己用不着的东西和自己制作的手工画、小工艺品。一系列的神操作,让学生很快成熟了,说话从"我认为"变成了"这件事应该怎么办"。

39岁的执行校长李先辉说,老师对学生说话一定要有温度,管人首先关心人。比如,一个学生生病了不能跑操,第一种处理方式是"你怎么老有病啊,别人能坚持你就不能坚持啊",这样冷冰冰的话语肯定会伤学生的心,跟你产生距离,对你不信任、不佩服。第二种是随便问候一下,"你去休息吧",这样学生会感到一丝温暖，但还不够。第三种是亲自到宿舍问候，并陪着学生到医务室诊断、拿药，只有这样，师生之间的温度才会升高，学生更加信任、热爱老师，你说什么，他听、他信，教和学自然和谐，学生进步肯定很快，有温度才有活力。

他们二位的见解，使我深受启发，想起了在职时给下属做思想工作时的许多糗事，称赞他们用自己的经历和实践诠释了衡中这种特有的人文精神。他们谦虚地说，这都是老教师传承的结果，说衡中的老教师都很优秀，王文霞老师就是优秀的代表。我很快见到了她。

王文霞身上的头衔很多，不仅是党的十九大代表，还是衡中副校长、衡水市妇联兼职副主席、语文特级教师、正高级教师、河北省劳动模范、全国先进工作者、"三八"红旗手、德育先进工作者、首届学科名师、河北大工匠。2008年，她创造了一个班10名学生进入清华、北大的纪录。她带的班被称为"牛班"，她被誉为"清北专业户"。迄今，担任班主任32年，她将150多名学生送进了清华、北大，数千名学生进入"985""211"。

她没有一点儿架子，平易近人，50多岁了依然步履生风。齐耳短发的她热情、干练，快人快语。

"'爱生如子'，说起来容易，真正做到需要带着真挚的感情，多动脑子，多想办法，真正做到思想与思想的沟通、观点与观点的融合、感情与感情的贴近。说实话，一个孩子从6岁上学到初中毕业，也就十四五岁，还是个大孩子，加之大部分家庭条件较好，家里孩子也少，他们在家得到的宠爱已经够多。来到高中独立学习生活，对他们是一个大的考验，对老师的爱心和能力也是检验。一方面，你用一颗父母心对待他们；另一方面，关键的是，能不能使他们在短时间内消除内心离开家的孤独感，消除对老师的拘谨与隔阂，重现在父母前的天真、活泼。

"父母对孩子的爱往往是激烈的，有时甚至是片面与骄纵的；而老师对学生的爱是柔情、智慧的，有时是严肃的，甚至是严厉的。因为，老师的全称是人民

第二章 众手浇开幸福花

教师,'人民'这两个字是不能轻易说出的,必须付之以伟大的责任与行动,肩负着为党育人、为国育才的责任,尤其是在新时代,为谁培养人,怎么培养人,关系到党和国家事业的成败。首先是立德,让学生有信仰,跟党走。"

2017年10月18日,金秋季节,是党的十九大开幕的第一天,更是王文霞一生中永远忘不了的日子。庄严的北京人民大会堂里,她心情激动,眼含崇敬,看着习近平总书记气宇轩昂、健步走上报告席,巨大的幸福感从心头涌起,仔细听着《决胜全面建成小康社会 夺取新时代中国特色社会主义伟大胜利》的报告。当听到"建设教育强国是中华民族伟大复兴的基础工程"的洪亮声音时,她立刻想到自己是作为教师代表参加这次盛会的,要做为党育人的先锋。散会后她买了100个十九大首日封,在驻地讨论时收集了150多支代表们用过的人民大会堂的铅笔,回来后奖励给学习成绩优秀的学生,语重心长地告诉他们,首日封具有伟大的纪念意义,这些铅笔是党的优秀代表用过的,写过党的建设和祖国发展的建议。特殊的纪念品激发了孩子们的学习热情。那年,她教的那个班有10人考上了清华、北大。其中一个叫任擂的同学,他的奶奶是20世纪被周总理表扬过的棉花姑娘,后来担任过副县长。他拿到铅笔和首日封后,向王老师表决心说:"我要上马列学院,用新时代习近平总书记的思想武装自己,像奶奶一样当一个好干部。"

她从1984年入职,32年班主任生涯使她深切感到了育人之美以及最美的是在特殊的日子里与学生心贴心的交流。每年元宵节她都要给学生煮元宵,端午节给学生包粽子。2019年的农历八月十六,一轮明月高挂在天幕上,金黄里透着淡青,银辉铺满了大地。她把学生叫到了操场上,围成一圈席地而坐,说:"昨天你们回家团圆,今夜我们全班团圆。"说着,拿出了她在各地学习、工作的学生给她寄来的月饼,有北京的,有上海的,有杭州的,有新加坡的,还有来自北大、清华和人民大会堂的。她一边和大家享用,一边讲他们这些学长、学姐当年奋斗学习的事迹。同学们听得如醉如痴,拿着手中的月饼对着明月许愿。正在这时,她在德国学习的儿子打来电话，抱歉地说："妈妈，儿在异国他乡，不能陪您过节，保重！"全班学生纷纷喊着国庆哥，祝他中秋快乐，并告诉他大家陪妈妈一起过节。明月下，水乳交融的师生谊、母子情感动得天上的星星眨着眼睛，频频点头，旁边的绿植树影摇风，叶片啪啪鼓掌，赞叹不已。有的同学凑在她的耳边说着悄悄话，有的同学轻声哼起了"今夜无眠，今夜无眠，当欢乐穿越时空，激荡豪情无限……爱在天上人间……当梦想挽起明天，拥抱生活的灿烂"。

赏月吃月饼

文霞老师在回忆这些往事的时候，语调是深情的。老骥伏枥，她那还生气勃勃的脸上爱意满满。她说，身正为师，德高为范，当老师就是要千方百计为学生好，还得让学生确实感到好，这就是教师的初心与责任。她的父亲曾是解放军第四野战军的老战士，转战于白山黑水、林海雪原，血战四平时作为排长冒着枪林弹雨冲锋在前，腿部受伤，成为二等甲级残废军人。父亲转业后在县城小学当老师，为给学生上体育课，单腿打球，还学会了弹风琴。他从小就对孩子们说，人这一辈子，能担100斤，绝对不担99斤；可以有平凡的工作，但不能有平庸的人生。她1981年进师范学习，看到标语上写着"欢迎未来的人民教师"充满了自豪感，决心在讲台上度过不平庸的人生。"任何孩子进入我的班，就是一生的缘分，就要把他们培养成才。教鞭高高举起，轻轻落下。老师看似不经意的一句话，对学生的影响很大，可以成就一个学生、一个家庭，也可以对其造成终身伤害，埋葬一个人一生的前途。你看到衡中的学生眼里有光、脚下生风，是师德的彰显，更是德育教育的成功。老师和学生的关系应该是严父慈母、孝子孝女、兄弟姐妹、知心朋友，只有这样，他们才把心里的话对你说，遇到困难真心求助。"接着，她讲了3个故事。

那年班里有一个女生，父母婚姻出现了裂痕，悄悄告诉了她。文霞老师立即意识到这是学生对自己莫大的信任，把自己当作了家里人。她细心倾听之后，思考再三，先约了学生的母亲，说了孩子的感受，而后劝对方要冷静下来，控制住怨恨的情绪，慢慢和丈夫谈，注意不要伤害男人的自尊心，要包容一点儿。而后给女生的父亲打电话，谴责他的不轨行为是对家庭特别是对孩子的不负责任，可能对孩子面临的高考甚至一生都会产生恶劣的影响。很快，家庭的裂痕弥合了，那个女生学习和情绪都正常了，最终考上了理想的大学。

真正走近孩子才能了解孩子，要在平时的工作中练就一双慧眼，或者是火眼金睛，在蛛丝马迹中发现问题的苗头，解决在萌芽状态。有一次晚上查宿舍，她发现两个女孩在一张床上睡觉，有同性恋的倾向。她利用课余时间，把她们分别叫到僻静处谈心，从社会、人生、道德、人类发展各方面讲同性恋的危害，让她们担任班干部，压担子，分散她们的精力。两人改正了，双双上了大学，联合给她写了一封信，开头的称呼是"妈妈"。

还有一个男生，高三时叛逆性格显现，开始和母亲较劲，他母亲的情绪也很激烈，两人一打电话就吵，见了面互不说话地对峙。其实，这个学生也很苦恼，大家上课时，他独自一人跑到操场上发呆。文霞老师买了饭端到他跟前，和他一块儿吃，讲自己小时候和大人相处的事，跟他说，世界上对孩子最无私的是母亲，母亲的爱是最伟大的，尽管父母有时态度比较激烈，但一切都是为了孩子好。春风化雨的劝解，使这个学生认识到了自己的缺点，与父母的关系和好如初，学习成绩也很快上升。那年的6月5日高考前，他在楼梯上给恩师跪下了。文霞老师把他拉起来，他给了她一张字条，上面写着："娘，儿今日就要上战场，我一定会成功、会胜利，等着我的好消息吧！"下面是签名，力透纸背。

　　十九大党代表、衡中副校长的胸怀是坦荡的。她说："尽管教了多年的书，也做出了一些成绩，上级给了我许多荣誉，但还是要经常'一日三省吾身'，自警、自醒。"

　　前年的隆冬，一个把星星冻得直眨眼的夜晚，她上完课，10点查完学生宿舍往住处走。天冷，路静，楼下一个穿着军大衣、坐在椅子上的守夜人看到她站了起来，悄悄地走到她跟前说："老师，你的高跟鞋在夜里是真响啊。"她马上脸红了，知道师傅这是在提醒她会影响学生休息，但没有明说。老师傅说话是艺术的、含蓄的，是受到衡中氛围感染形成的语言艺术，而自己是羞愧的。从此，进学生宿舍区她再也不穿高跟鞋了。

　　衡中的老师对学生生活的关心可谓把细节做到了极致，比如，饮水机里的水烧开后永远保持在65℃，让孩子们随时可以喝。2004年入职的青年班主任孙亚军在带领学生军训时，不仅按照老教师的样子把学生的水杯放在一起，倒上凉白开随时让大家喝，而且每次出发时都要数一遍，看大家是否都带了，有忘带的，自己就多拿一个。后来，学校拍了一段小视频，叫《一个都不能少》。

　　语文教研室主任王小铭，带领学生军训闭营时下起了雨，许多学生被淋湿了。她回家后想起郗会锁校长说的"假如我是孩子他妈，需要做什么"，马上让母亲熬了一大锅姜汤，拿到学校让70多个学生每人喝了一碗。第二天，看到学生都整齐地坐在教室里，她心里感到了一种满足。

第二章
众手浇开幸福花

军训间隙老师为学生缝衣服

高考当天老师为学生分发茶叶蛋

衡中的精神就是在一代一代人的细心中不断被创新着。

研磨出来的精品课件

在衡中的求真馆门前，有一盘古老的石磨和石碾，代表着衡中老师的研磨精神。王文霞老师告诉我，这里的老师不是备课，而是研课，如同推磨、推碾子转圈，看似重复，实际上是把产品也就是课程越磨越细，去掉糠皮，磨出精华。一课三研，课前，老师仔细阅读要讲的课程，遍查各种参考资料，找出知识点和核心素养以及传播给学生的方式，写成教案，让专业组的老师们提建议，讲完后大家再一起评判，总结经验，找出还存在的缺陷。

数学老师侯老师家里有一张照片，是她坐在电脑前抱着孩子在刷题。孩子童言无忌地说："这家伙永远在这里找题。"那次，她为了讲好一道数学题，下载了150多个文档、上百道题，最后终于找到了一个最满意的、最能让学生记住的讲解方式。她的学生石华飞在2020年高考数学考试第一个走出考场，笑眯眯地对她说："侯老师，那些题您都让我们做过。"衡中的老师不是不搞题海战术，而是让学生跳出题海，自己跳进题海，精挑细选，把最好的干货捞出来，把最有营养的精华研制出来，做成精美的佳肴，端给学生，让学生感到好吃，吃了不忘，牢牢地记在心里。

2021年1月4日下午，我在格物楼3楼会议室旁听高一语文教研组的研课，杨柳老师主持。一位女教师对明天自己要讲的鲁迅的《拿来主义》说了想法，大家开始讨论。闫津老师思考了一会儿说，可以设计这样一个场景：在疫情期间，一个人在北京得到了一套四合院，里面有文物，有宝藏，还有细菌，让学生选择，是拿还是放弃，拿怎么拿，放弃怎么放。大家一致觉得很新颖，思维放开，一起完善了几个问题和细节的设置，一份完美的教案诞生了。后来，我和王文霞老师一起听了高二102班语文老师对李白《梦游天姥吟留别》的讲解。讲台上的老师神采飞扬、激情四射，把李白睡觉前很无奈、做梦到了天姥山、游玩得很开心、醒来还是无奈的现实表达得淋漓尽致，把李白思想中道家的空灵、出世、潇洒和儒家的济世救民的冲撞、激发的才情和激情产生的诗、被后人称为"绣口一吐，就是半个盛唐"的成因分析得透彻到位。当我对这位老师竖起大拇指时，她说，这都是研课的结晶。

也许是对文学的痴迷，葛春香老师对朱自清的名篇《荷塘月色》的讲解一直让我流连忘返，把课件拿来看了又看。

又到了讲解《荷塘月色》的时候了。再次欣赏，再次陶醉。其诗情，其画意，萦绕于胸，兴致越来越浓，不吐不快，于是干脆把整篇文章改作一首律诗一样的东西。

荷塘月色

曲曲小径入荷塘，袅袅新荷着素裳。
缕缕清风迷月眼，田田翠叶醉花香。
如纱薄雾浮远梦，似带柳梢抹山梁。
遥忆西州旧日调，一声蝉噪使人伤。

改写思路以作者感情的变化为线索，主要突出月下荷塘中的景物描写，目的是帮助学生体会其中的意境以及作者的感情。

首句"曲曲小径"即文中的小煤屑路，同时运用文中的"曲曲折折的荷塘上面"的"曲折"，而且本句还含有"曲径通幽"之意，表明作者想寻找一种幽境，以逃避现实，来疏散内心的"不宁静"。

第二句"袅袅""新荷""素裳"等词语，也来自文中句子"零星地点缀着些白花，有袅娜地开着的，有羞涩地打着朵儿的……又如刚出浴的美人"，而且也用了一点儿原有的修辞，如拟人、比喻，以求最大限度地表现原文的神韵。

颔联和颈联则刻意保留了原文炼字的精妙之处。有些词语，如"缕缕""田田""浮"等，本诗基本照搬课文。"如纱"即由叶子和花仿佛在牛乳中洗过一样

"又像笼着轻纱的梦"而来。"似带柳梢抹山梁"化用文中"树梢上隐隐约约的是一带远山"之意,因其树多为柳树,所以用了"柳梢"二字;用了"山梁"对"远梦",依从原文,朱自清的情感其实在渐渐发生变化。

　　本诗忠于原作,但更有一些创新成分。比如,"微风过处,送来缕缕清香,仿佛远处高楼上渺茫的歌声似的"。微风过处,淡淡清香使人神醉,朱自清又说月亮不是朗照,仿佛瞌睡人的眼,我认为倒像是微醺的醉眼。花香醉人,月眼迷离,两者合在一起,便有了"缕缕清风迷月眼"之句。微风熏人,叶子也倒向一边,而且闪电般的波痕瞬间便传到那边去了,仿佛叶子也被这情景、被这花香醉倒了,所以此处写成"田田翠叶醉花香"了。上下句也形成了互文,清风花香醉倒了月亮,醉倒了荷叶,其实人更醉心其中。刚开始的时候,这两句本为"淡月轻笼田田叶,微风暗送缕缕香",也较明了,只是为了平仄,便改成了这样。

　　"抹"字自我感觉用得不错,似乎是轻轻一道痕迹,写出远山隐隐约约的样子,月夜里更是如此,很随意,也比较传神,其实字面上有学习秦观先生"山抹微云"的意思。就文章本身来说,还有这样的意思——沉醉于荷塘月色的心情渐渐远去了。这两处自己感觉很熨帖,甚至有点儿得意。

　　尾联则写出回忆西州采莲的事情,表明作者又要逃避到另一个梦中去了。

　　把蝉声放在末句,这一点对原文做了较大改动。蝉声本是在描写荷塘之后的部分,我挪到了诗歌的结尾,用意在于用蝉声惊醒作者的梦,使之不得不回到现实中,也就与作者不宁静的心境相合了。"蝉声"夜里本来就很少有,"一声"更显得突兀,也更能打破作者的梦。

　　本诗开头描写作者想入幽静之中,最后不得已回到现实中来。这一点,应当不会违背朱自清先生的安排,先生若有知,当不会恼。

　　试想,把一篇名散文改成一首诗,而且有些地方还高于原作的境界,这需要多么细致的研磨功夫。葛老师把自己的理解和创作体会共享给学生们,还讲出了新的知识点，能不让学生牢牢地记在心里吗？什么叫"板凳要坐十年冷，文章不写半句空"，这就是。再试想，在多元化的社会里，在滚滚红尘里，在为了追逐利益和金钱打得头破血流、闹得鸡飞狗跳的时候，还有人坐在书斋里，精心研读一篇清雅的散文，超然物外地和他的学生诵读、欣赏，这样的教师，只有在特殊的精神家园里才会出现。

彭吉栋老师和于宝英老师说，郗会锁校长在开学典礼上，在大大小小的会议上，在巡查各班级的学习中，用"无奋斗不青春"的火把点燃了学生的热情，把"让我学"变成了"我要学"，下面就看老师的本事了。如何打开学生"对尚未打开的盒子里的内容"的好奇心，告诉他们这里面的世界是美丽的、奇妙的、精彩的，让其主动去学习、探讨、理解并快乐地享受整个过程，这就是教学艺术。

名师和学生的彼此成就

名校的灵魂是名师。

信金焕老师从教25年,是衡水中学教师发展中心主任,是入选教育部首期名师领航班的教师。在求真馆的办公楼上,设有"教育部名师领航信金焕工作室"。她是学校最早的正高级教师。她担任过班主任的410班,在2012年高考中平均成绩659分,不但人人升入了理想的大学,而且有11个学生进入了清华大学,2个跨进了北大的大门,1个成了国际奥赛的金牌获得者。

她的学生们说,信老师讲课有很强的带入感,最善于创造场景,把每篇课文都讲得栩栩如生。她和学生彼此成就。

衡水中学一年一度的文化节到了,学校要求每个学科根据自己的特点开展相应的活动,语文学科在文化节中一个必不可少的品牌节目就是辩论赛。一般的辩论赛,多是从全班同学中优选出几个强手辩才,通过充分的准备和磨炼再去参加比赛,获得好成绩为班里争光。这一次,信老师却另有想法,认为这种比赛不应当让几个学生获得战绩,要通过这一载体把全班同学都拉上,人人得到锻炼。为此,她让全班同学自由组合成9个组,每组分为正反两方,每方4人,从每天的语文课拿出10分钟的时间让学生进行辩论。每个小组自行选定辩题和材料。

这样的决定,让每一个学生都有了跃跃欲试的参与热情,不要说那些原本就伶牙俐齿的辩论高手,就连那些平时拙于言辞的学生也摩拳擦掌,展示出"欲与天公试比高"的态势。

学生自选的辩题都是当下的热门,什么"中学生出国利弊谈""网络对于中学生正负面的影响",等等。每次辩论,双方唇枪舌剑、剑拔弩张,语言犀利而又论据充分,论证过程严密,有理有节,让人感到在感情的涌动中闪耀着理性的光芒。

9个组的辩论虽然结束了，可同学们意犹未尽，请求信老师再让他们辩一场，提出在他们的高中时代有一个问题必须辩一辩。信老师疑惑地问："到底是什么问题让你们这么急迫啊？"他们说："我们想辩高中生谈恋爱到底弊大于利还是利大于弊。"

毋庸讳言，在这些少男少女心里这是一个极其敏感的话题，如果辩论走错了方向，班主任绝对"难辞其咎"。

看着学生们一个个不达目的誓不罢休的样子，信老师"走投无路"，顺水推舟地说："既然你们都这样想，让辩不让辩就没什么意义了，那就辩吧。"

学生得寸进尺地说："老师，我们觉得10分钟辩不完，要辩一节课。"

信老师横下一条心说："好，如果你们准备充分，就让你们辩一节课。"

其实她说这话的时候心里是有底气的：第一，她相信衡中多年德育教育的成果是扎实的、丰硕的，她的学生是有素质的；第二，让学生收集材料，撰写讲稿，并准确生动地表达出来，是提高语文素养的一条道路，也是语文教学的要义。

辩论的那一节课，可谓盛况空前，语言生动，观点鲜明，金句频出，最终的结果也非常理想。

正方在总结陈述的时候说："青春期男女产生好感是正常的，但是，可以恋，不可以爱，因为爱是一种能力，而我们还不具备爱的能力。有个别男生拿着父母的血汗钱给女生买这买那，良心何在？爱是需要能力的，你具备这个能力吗？"

俗话说"话不说不明，理不辩不透"，诚哉斯言。埋藏在学生心底的隐秘揭开了，不但公之于众，而且原有的困惑也在辩论中豁然开朗。

无疑，这是一堂非常精彩的语文课，不但让同学们大展了学以致用的语文功夫，还解决了个别同学一触即发的早恋问题。一堂真正好的语文课，绝对不是仅仅积累语文知识，也不只是生成表达能力，还应该是情感的升华和思维层次提高的高度和谐。

且慢，事情还没有完。

正当信金焕老师认为这场辩论赛是此次文化节中最为精彩的收官之作的时候，没想到她的学生又找上门来，郑重其事地说："信老师，我们还想辩一场。"

"你们怎么没完没了呢？又有什么新题目了吗？和谁辩啊？"

"我们想和您辩，全班同学和您一个人辩。"

信老师笑着说："你们这不是欺负人吗？全班几十张嘴、几十个脑袋和我一个人辩。"

"老师，这可不是欺负您，是您太厉害了。"

"得，打住，别捧我，捧也是杀，捧杀。"

看到学生有如此高的求知欲，抓住机会就不放过锻炼自己表达能力的样子，信老师心里是高兴的。她问："怎么个辩法啊？"

"我们去找辩题，确定之后让您先选，然后和您大辩一场。"

"好，你们先去找辩题吧，多找，不够十位数、不到几十个我就不选。"信老师又鼓励学生到知识的海洋里遨游了。

过了几天，同学们还真找来了几十个辩题，信老师看了一下，想到前一段教了不少名人传记，其中涉及不少名人对金钱的态度，辩论也是培养孩子们从小树立社会主义核心价值观的好机会，因此毫不犹豫地选定了"金钱与道德是否可以并存"。

学生们失算了，因为在他们的心里，老师一直是站在道德的制高点上对他们进行教育的，如此脱俗一族，绝对不会去选"金钱与道德是否可以并存"的辩题，可出乎他们意料的是，信老师偏偏选中了这个辩题。他们对老师说"那我们就选金钱与道德不可以并存"，而后就去准备材料了，几个中心成员还利用业余时间认真研究了一番。

过了一段时间，他们说："老师，您准备好了吗，可以辩了吧？"

信老师反问道："你们准备好了吗？"

"准备好了。"

"什么叫准备好了？和老师辩论的时候，是不允许拿着材料念的，必须脱稿。如果达不到这一点，请回去继续准备。"

为了让学生进一步锻炼口语的表达能力，信老师又将了他们一军。过了几天，学生们又来了，说这一次准备好了，保证脱稿辩论。信老师说："可以，不过辩论所用的论据，一定是近阶段语文课上所讲的人物传记中那些名人对金钱和道德的看法与例子，如果没用上，请继续回去准备。"

学生们回去把所学的知识再次复习、思考了一番，又信心十足地来了，说所有辩论材料完全符合要求，并有些挑衅地说："信老师，可以辩了吗？"

信老师说："可以了，不过，我有一个观点必须说明一下，'弟子不必不如师，师不必贤于弟子'，我是在这种前提下才和你们辩论的。"

学生们点头表示懂了。辩论在规定的时间进行。穆桂英挂帅，身边没有八姐九妹，信老师站在讲台上，如同骑在桃花马上威风凛凛，一人对阵70多人，侃侃而谈："人们常把金钱称作万恶之源，依我看，这是错怪了金钱。金钱本身在道德上是中性的，谈不上善恶，毛病不是出在金钱上，而是出在对金钱的态度上。可怕的不是金钱，而是贪欲，即一种对钱贪得无厌的占有态度。"

学生们说："在金钱与道德领域中，道德是必需的，金钱不是万能的，但没有钱是万万不能的。"

信老师说："财富可以促进幸福，也可以导致灾祸，取决于人的精神素质。金钱是对人的精神素质的一个考验，拥有的财富越多，考验也就越严峻。大财富需要大智慧，素质差者往往被财富所毁灭。"

学生们说："清贫只是个人的一种风骨，但是不能救民……"

初辩的时候，尚有序进行，可时间不长，全班同学都争先恐后地发言，人人急不可耐，使辩论愈演愈烈，一个又一个回合地较量，如同战场上的骏马奔驰、英雄挥戈，你来我往，刀枪剑戟，在思想的交锋、观点的碰撞中闪烁着理性的光芒。

就在学生们阐述一个新的观点、信老师准备再次发言反驳时，下课的铃声响了，鸣金收兵，学生们齐声高呼："信老师，我们赢了！"

信老师说："我骄傲。"

她骄傲的是，在这一段准备的时间里，她的学生对语文的学习绝对到了深层次状态，而由此激发出来的自我探索的兴趣，绝对不会因为这次辩论的结束而停止，而是继续拉长，并生成巨大的学习能量。

采访结束的时候，信老师对我说，教师不仅是一种职业，更是塑造灵魂的人，教师要在"教"与"学"中和学生彼此成就。好的教师是学生眼中的活教材，教育出比自己强的学生，也就行走在教育家的路上了。夏绿秋黄，每年都有一批学生走出校园，都带走了一种精神，信仰、激情、梦想、家国将永远陪伴着他们。

一花引来万花开。为了让学生提高核心素养，记住知识点，衡中的老师们各展其能。年轻的刘晓洋老师，每次讲课都求真、求新。在讲《林冲夜奔》时，她用富有感染力的语言、肢体动作，把风雪的环境、一个突发的遭遇如何激发了人物的心理矛盾、黑暗的社会如何把一个生活比较优裕的人逼上了梁山讲得活灵活现、声情并茂，而后让学生们扮演林冲、陆虞候、老军等人，演情景剧让大家深刻理解了作品的内涵。她讲《祥林嫂》，让学生扮演角色，体会祥林嫂为什么捐门槛、为谁赎罪的复杂而又简单的心情。

新颖灵动的教育方式

2020年秋日的一天，教化学的梁老师领着他的学生来到校园内的山楂树下，在和畅惠风的伴随中，上了一堂"摘出来的教育"课，别出心裁设置出来的情景让人耳目一新，得到了全校老师的交口称赞。我通过主管德育的王建勇副校长，找来了这个精心设计的课件。

摘出来的教育

人物：老师和他的学生们。

"老师，您说校园的山楂熟了吗？"

"老师，您说这山楂是甜口的还是酸口的？"

"老师，您说这山楂啥时候吃口感好？"

当一群孩子围着我不问化学而去关心这些山楂时，我就知道校园那片山楂保不住了。山楂好摘，怎么摘出意义，怎么摘出成长，这是一个需要思考的问题。

就这样，围绕着"山楂"所开展的一系列活动，悄然拉开序幕。

一、摘出求知欲

"想摘山楂？"

"想。"

"熟了吗？"

"不知道。"

"啥时候吃口感好？"

"不知道。"

"你们说，你们到底知道什么？"

"山楂能吃！"

问题四连贯，孩子们说得我哑口无言，我也明白了什么叫可爱的小吃货。

"吃山楂，没问题，但是咱得吃得明明白白。你们先去查查，查明白了，咱们就行动。"

于是，孩子们开始询问度娘，度娘也迅速给出了答案：山楂属蔷薇科，落叶乔木，花期5—6月，果期9—10月，10月中旬口感最佳。山楂具有降血脂、降血压、强心、抗心律不齐等作用，同时也是健脾开胃、消食化滞、活血化瘀的良药。

当孩子们对山楂的基本情况如数家珍时，我知道我的第一个小目的达到了。

从山楂出发，延伸到农时，认识农务，我明白教育对学生最大的贡献莫过于让他们对生活充满好奇。好奇心是学生实践的精神支撑，实践后的领悟便是下一次好奇的动力，几次之后，便形成求知的良性循环。

二、摘出劳动情

"恩泽，你来帮我撑一下袋子。"

"皓田，你来帮我压一下这个树枝。"

"吕锐，你把掉到地上的那个山楂捡起来。"

……

在采摘山楂的过程中，让这些习惯独来独往的00后开始有意识地寻求帮助，也主动帮助他人，逐渐有了默契的配合。为了摘更多的山楂，平时不善言谈的孩子开始尝试主动和他人交流，怯懦的孩子甚至开始组织调度劳力。沟通交流的快乐，组织调度的成就，这种并肩劳动情在校园的山楂树下滋生着、壮大着。在采摘的过程中，每个孩子不仅感受到了集体劳动中的相互帮助，也亲身体会了一把果农秋收时的喜悦，更认识到了劳动的光荣与伟大。

三、摘出感恩心

看着摘下来的一兜兜通红饱满的山楂，同学们都有点儿出乎意料，在一旁反而不知所措，傻傻地站着。这也太多了吧，谁也没有想到几棵刚刚比人高一点儿的山楂树竟然长出了20多斤果子。咋分配呢？大家你看着我，我看着你，没有一个去争抢，一致认为这些果实要分给老师，分给班里的每个同学。主意一定，大家一起动手，你3颗，他3颗，老师4颗，放到了同学的书桌上，放到了老师的备课区里。更有同学提议说，古有"前人栽树，后人乘凉"，今有"学长护树，学弟采摘"，待到明年春暖花开时，集体来为这几棵山楂树浇水施肥，让它们茁壮成长，多结果子，让下一届的学弟学妹们品尝得更多。

与同学们共同劳动，和大家一起分享，共同的约定，让知班爱班荣班、知师爱师荣师、知校爱校荣校的理念在这些孩子心里生根发芽。

四、摘出祝福意

在采摘、分享山楂的第二天就是高一一调考试，这是这批学生到衡中的首秀。孩子们红红的脸蛋，班级里和谐火热的氛围，都被这一颗颗火红的山楂果点燃。孩子们互赠山楂，既是劳动成果的分享，也表达着彼此对考试的美好祝愿。我告诉同学们，红红的山楂还有开门红的寓意，这也是我大衡中希望衡中的学子在自己高中生涯中一开始就有一个精彩的开门红。

后来采访梁老师时他讲，研课研出了知识点的精品，但如何传导给学生，让这些知识点顺利地入耳、入脑、入心，就需要教师的再创造，这就好像一间餐厅，不仅有珍品佳肴，而且就餐的环境好，高雅还能互动，来这里就餐的人就一定会记住这里的一切。郗校长一直说"无活动不衡中"，因为没有活动，就没有全身心参与；没有全身心参与，就没有深刻体会；没有深刻体会，就没有真正的内化；没有真正的内化，就不能实现升华；没有实现升华，就没有持久；没有持久，就没有终身受益的教育。所以，自己就设计了这次户外授课活动，并形成了一个流传下来的故事。

故事，就在这一个又一个的活动中诞生和延续着；孩子，就在这一个又一个活动中成长着；教育，就在这一个又一个活动中升华着。

这就是衡中，用德育统领着一切教育，在一切课程教育中都突出涵盖着德育。

11月13日下午，我整理完上午的采访材料，信步走进了高中二年级的一间教室。一位女老师在讲地理课，说的是港口建设。从海岸线的曲折、避风、水深、潮汐等条件讲清了建设深水良港的选择后，随着电子黑板的变幻，她画出了我国东海到南海起起伏伏的曲线，回顾了外国列强用铁甲舰侵略国门、军民奋起抗击的斗争史，点出了改革开放40多年来我国重点建设的唐山港、黄骅港以及对对外开放和对经济的拉动作用，充满了浓浓的爱国主义情怀。

化学老师苏玉钗在上功能高分子材料课的时候，母亲节刚刚过去，她确定了"感恩"这条主线。开场白从一首《时间都去哪儿了》开始，从母亲对孩子小时候的呵护（尿不湿）引出高分子树脂材料学习到母亲节的感恩（生命的孕育），从剖宫手术缝合线引出医用高分子的学习到回报母爱（未来强大），从诺贝尔奖的获得引出导电塑料材料的学习，将本节课的情感基调上升到母爱的表达与孩子的感恩上。从一个拉花展示高分子材料的研究思路；从站队时手脚并用来讲线型结构到网状结构形成的交联原理，类比日常生活中穿衣而不穿线，以此理解网状结构的良好性能；从一段关注民生的视频来体会高分子材料研究的社会意义；从人造器官图片展示和人造器官商店的预见来体会医用高分子材料的研究意义。课堂最后她设计了一个环节，用高分子吸水材料水晶泥制作了一个花瓶，插入一枝康乃馨，送给现场一位当天过生日的同学。她说："我不是送给你的，是送给你母亲的。"

课上完后，赢得了大家由衷的掌声。她的同事王晓宁老师在书香博客中写道："聆听这样一节课，感觉耳目一新，由内到外地舒心，既有精神营养，又有实实在在的内容收获，那种感觉就好像炎热的夏天喝了一杯精心调制的最凉爽的冷饮，有一种说不出的舒坦。"

第二章
众手浇开幸福花

一个班有几十人,每天发生的事林林总总,年轻人好说好动,思想活跃,可有时又有些疲沓,明明是浅显易懂的道理,明明是对学生好的事情,老师苦口婆心、日复一日地唠叨,但学生就是不领情、不愿做。吕老师思考再三,发现在老师的唠叨与学生的接受之间差了一个身临其境。为了把德育教育的触角深入学生的每一个思想和行动角落,他创造了真实、生动的"微班会",教育效果事半功倍。

设计好脚本,录制好几分钟视频,以此为载体引发讨论,让学生自我提高。在年级的卫生检查中,他们班的男生宿舍好几次评分很低,那些男孩子竟然不觉得是什么大问题。他利用中午很短的时间开了一次微班会,在全班同学的注视下播放了视频:几名女生作为突击检查组进入男生宿舍,有的捂着鼻子,有的表情夸张地大喊:"哎呀,这是什么味道啊?""黑乎乎的是什么东西啊?""床上怎么还有臭袜子啊!""谁这么懒啊,和猪一样啊!"在她们一连串的尖叫声中,几个男生脸红了,不好意思地站了起来。劳动委员趁机发言说:"宿舍是我家,卫生靠大家。"吕老师借机说:"一室不扫,何以扫天下?"几个大男孩羞愧地低下了头。从此,他们的卫生质量大大提高了。

观察入微,才能开好"微班会"。一天早操结束后,他看见学生小伟从兜里掏纸巾擦汗时,一枚1角硬币滚落到了地上,小伟看了一眼就走开了。学生小李在打扫卫生时,从教室的角落里扫出几枚硬币,将其和垃圾扫入簸箕倒进了垃圾桶。

吕老师把这一切看在了眼里、记在了心里,事后专门找这两人谈话,她们说:"携带不方便不说,还买不了什么东西。再说,掉到地上了,多脏啊!"

学生的回答既让他无语也引发了思考。随着生活水平的提高,学生们手里的零花钱日渐增多,但也不能产生浪费意识,要让他们知道一分一厘来之不易。

第二天的微班会上,吕老师先给同学们播放了一首经典的儿歌《我在马路边捡到一分钱》。乐曲一开头,学生们就笑出了声,说:"老师,太老土了,都什么年代了,别说一分钱,就是一角也没人去捡啊!"他拿出了一枚1角硬币问大家:"你们知道这一枚硬币是怎么生产出来的吗?"看大家摇头,他用视频播放了硬币生产过程的纪录片,里面安保严密的警卫、硬币熔化车间的高温、冲压、磨边、压印、检验等辛苦的劳动过程让孩子们看得目瞪口呆。他趁机问道:"同学们,你们觉得生产一枚硬币容易吗?""不容易,很烦琐,也很辛苦。"大家异口同声。吕老师继续说:"同学们,现在1角能买到什么东西呢?请大家看一段今天清晨我在菜市场拍的视频。"

菜市场一角,一个白发苍苍的老奶奶挑着担子颤颤巍巍地走过来,铺好摊位,拿出一个装满硬币的小口袋,不断地把顾客的钱放进去,把硬币找出来。吕老师接着说:"今年风调雨顺,蔬菜大丰收,一斤菜才8角。据我了解,老奶奶一次只能挑80斤菜去市场卖。你们算一算,她一天能卖多少钱?""64元。"大家脱口而出。吕老师点头说:"是啊。64元在我们许多同学眼里根本不算什么,甚至不够一天的花销。同样是这64元,却是老奶奶一天的销售额。扣除种子、化肥和时间成本,这个老奶奶一天能赚多少钱呢?她在卖菜时,一分一厘都会计较,绝对不会丢失1角的。"教室里鸦雀无声,孩子们在沉默、领悟。小伟首先站起来说:"虽然1角对我们来说微不足道,但在生产过程中有工人的汗水,在交换中凝结着农民的艰辛,我们要爱护它,不能随意丢弃。"其他同学也说:"我们现在用的钱都是父母给的,他们赚钱也很不容易,我们应该珍惜父母的劳动成果。"吕老师抓住时机,迅速让大家做了一道题:"班里每个同学如果每天丢1角,一年浪费多少钱?如果全国每个人每天浪费1角,又是多少钱?"惊人的答案让全班瞪大了眼睛。他从讲台下拿出了一个储钱罐,把自己捡到的1角存了进去,并要求同学们照此办理。从那以后,他的这个班成立了"1角基金会",把大家的小爱用于班里的公益活动。故事还在继续,一届又一届的学生毕业走了,他们把勤俭节约的风尚留下了,也带到了他们未来的生活和工作中。

物理老师苏立乾,在班里开设了"趣味物理"选修课,探讨蝴蝶为什么能横渡大西洋、肥皂泡为什么先升后降,学生听得津津有味,感觉很开心。在讲圆周时,他自制水流星表演杂技,把自行车搬上讲台共同研究大小齿轮的速度关系,让同学们感到物理就在身边;小鸟为什么能击落飞机,这样有趣的问题让学生在课堂上零走神。每上一堂精彩的课,一整天就会有好心情。

一位生物老师在日记中写道:"古人云:'太上有立德,其次有立功,其次有立言。'孔子学而不倦,他的生命延续到了今天。我们要用读书的生命状态,来修令人敬仰之德,建教育教学之功,树真知灼见之言。我要把我的思想、我们的精神传递给学生,让有价值的生命之水在学生的大海里永不干涸。课堂是师生思想相遇的地方,师生的思想在这里碰撞、生长;课堂是一个大大的生命场,师生的生命在这里拔节、生长。"

这位老师在讲生命的重要物质水时,许多学生都理解了细胞中水的存在形式和作用,突然一个同学发问:"老师,现在地球上的水资源越来越少了,可傣族人民过泼水节时要泼掉那么多的水,这不是浪费水资源吗?"这一提问出乎了她的意料,课堂的气氛和行进的音符被打乱了。面对这一突如其来的问题,她没有轻易地否定和批评,反而大加称赞,而后让同学们围绕这一情况开展讨论。在大家充分发言后,她总结说,傣族人民生活在水量充沛的热带雨林地区的西双版纳,是个爱水、知水的民族。在这个泼水节里,一桶清洁的水不仅仅是自然资源,也包含着深刻的文化内涵,象征着尊敬、友爱和祝福。当年,敬爱的周总理就参加过傣族人的泼水节,和当地的人民载歌载舞,欢度泼水节,体现了党中央对少数民族的关怀,促进了56个民族的大团结,大家共同来建设强大的社会主义祖国。

一番独具匠心的讲解,不但保护了学生的质疑精神,让"错误"变成了宝贵的学习资源,使课堂在对话中生成,在辩错、改错过程中发展、提高了师生的思维宽度与高度,从文化角度了解了南疆的民族习俗,而且宣传了党的民族政策,让课堂呈现出了一种生物教学与德育完美结合的生命律动之大美。

实践第一的劳动课

劳动是神奇的，劳动是伟大的。劳动者用勤劳的双手和智慧，编织了这个五彩斑斓的世界，创造了人类的文明。衡中的劳动教育也别具一格。

在新时代，中共中央、国务院颁发了《关于全面加强新时代大中小学劳动教育的实施意见》，把劳动教育纳入人才培养全过程，与德、智、体、美相融合，积极探索具有中国特色的劳动教育模式。衡中人敏感地意识到劳动教育正当其时，郗校长提出了"无劳动不衡中"的教育理念。首先，建立了以校领导、学生发展中心、各年级部为主体的劳动教育小组，设置了劳动课程，组织汇编了《劳动课程读本》，让劳动教育有操作性和实效性。规定每周一节劳动课，劳动课不能被挤占。同时，针对部分学生不想劳动的现象，明确劳动意义，让劳动入脑入心，正如《扫除道》当中所说的，"百术不如一清"，劳动可以使人谦虚、让人成为有心人、培养感动之心、萌生感恩之情、磨砺心性。通过深入调研，学校科学设置了一系列体验式劳动课程。

一、校内劳动课程——因地制宜，从改善校园基础环境出发

1.纤尘不染——楼管体验

让学生体会楼管的不易，培养学生爱护公共环境的意识。

2.以团之名——班级执勤体验

增强学生的纪律意识、对规则的敬畏意识、团队合作意识。

3.以心换新——电车清理体验

学生主动帮助老师们擦拭电车，将"知师爱师荣师"不仅仅体现在口号上，更落实在行动上，增强感恩意识。

4.清仓行动——储物管理体验

让环境整洁的同时更加增强日常行为的规范意识。

5.如影随形——学生会体验

让同学们了解学生会的一天,增进对学生会同学的理解与支持,提升学生的自我管理意识。

6.明察秋毫——安全排查活动

让学生参与到教学楼环境的日常维护中,从学生的视角发现卫生死角、安全隐患,及时整改,提升学生的安全意识。

7.碗净福至——食堂体验

让学生体会食堂大师傅们的辛劳,一粥一饭不是理所当然,当思来之不易,增强节约意识。同时,在各种节日、节点,让学生动手制作节日美食,体验自己动手的劳动之乐。

8.小鬼当家——班主任体验

配合班主任节活动。为了让学生深入了解班主任工作的艰辛与不易,提高学生的主人翁意识,开展班主任体验活动。制定"小小班主任十个一"的目标,让学生全面接手班级一天的管理工作;通过"十个一"目标的达成,让体验活动不是摆摆样子、走走形式,而是真正落到实处。让学生理解班主任工作的不易,更好地配合班主任工作,同时争做班级的主人,主动承担责任,为班级的发展贡献自己的力量。

9.家长进课堂

借力家长资源,让家长讲述自己的劳动故事,激励学生。

10.中草药进校园

为了弘扬中医药文化,让学生在"做中学"和"学中做",培养师生对中医药的兴趣,倾力打造百草园,让中医药与劳动教育在实践中美丽邂逅。

丰富多彩的校内活动,使劳动不再是一种强制性的行为,让学生得以享受劳动的过程,体会劳动的乐趣,爱上劳动;让学生在不同的体验中丰富生活阅历,体验劳动魅力。

二、家务劳动课程——居家劳动，多彩生活

家庭在劳动教育中具有基础作用。最近两年，受疫情影响，学生居家时间较长，衡中的劳动课也充分利用居家时间，让学生在家和家长互动，上一节亲子劳动课。学生给父母做四菜一汤，进行插花、组装家具等家务劳动。衡中学子，静能挥笔著华章，动能掌勺做羹汤。

2022年春节期间，学校组织学生开展了"新春特辑·劳动过年"的活动：扫房子、写对子、剪窗花、酿果酒、腌泡菜、包饺子。通过一系列劳动活动，让家长看到了孩子的成长，让孩子体会到了劳动的快乐，让居家因劳动而丰富多彩。

家务劳动课程不仅仅是让学生参与了劳动，更是为父母和孩子架起了一座沟通的桥梁，让孩子们放假不再只是与手机为伴，而是真正享受了难得的亲子时光，加强了与父母的沟通，加深了彼此间的了解，增进了彼此的感情。

三、社会劳动课程——志愿服务，社会实践

为了增强学生的社会责任感，学校组织开展了一系列志愿服务活动：街区清扫，交通执勤，敬老院中献爱心；保护衡水湖，助力马拉松，挥洒青春汗水，共建大美衡水；疫情之下，青春召唤，服务社区，责任担当。

学校还开展了以"体验父母职业，感受父母辛劳，培育社会责任"为主题的社会实践活动。铁路公交、商场导购、田间地头、车间厂房、工厂医院……学生不仅仅走近了这些职业，了解了职业特点，更是走进了父母的内心世界，体验了家长的艰辛与不易。

1.春游衡水湖、植树绿化

学校组织"春游衡湖，揭秘自然"地理实践活动，把课堂搬进大自然；组织"拥抱春天，播种绿色"植树活动，将汗水挥洒在生机盎然的衡湖堤旁。

2.参观国际香料小镇

按照十指留香→拔叶助长→香囊制作的劳动流程，同学们完成了选取香料、采摘、制作香囊的全过程，清香不灭，记忆永存。

3.采摘活动

学校组织同学们采摘红枣、白菜。同学们把采来的红枣送给自己的任课老师,感恩老师的培育之恩;把白菜送给高三老师,寓意"百才"的白菜包含着同学们对高三老师为党和国家输送人才的美好祝愿。

衡中创设的丰富的劳动课程,让学生得到了独特的劳动教育机会,拥有了更多与众不同的劳动体验。同学们不仅学到了许多在课堂上学习不到的知识,开阔了视野,更提升了社会责任感,体会到每个平凡的职业背后都有着不凡的一面。一节劳动课,更是一节思政课,一节重要的成人教育课。

通过多样化的劳动教育方式,全校营造了良好的劳动教育氛围。近年来,衡中高三毕业生离校前将教室、宿舍打扫得一尘不染,80里远足后休营地不见一片废纸等新闻频频登上热搜,整个学校形成了"辛勤劳动为荣、安逸享乐为耻"的良好校园风气。

毕业生离校前打扫的宿舍

毕业生离校前打扫的教室（一）

毕业生离校前打扫的教室（二）

"以劳树德、以劳增智、以劳强体、以劳育美"是衡中人一直以来的追求。在劳动中,体验艰辛,磨砺意志,即是德育;迎难而上,守正求新,即是智育;挥汗如雨,筋骨为劳,即是体育;亲近自然,审美体验,即是美育。

让每一株火炬都熊熊燃烧

在衡中这座巨大的百花园里,上万名花季少年心中燃烧着"无奋斗不青春"的火炬,沐浴着阳光雨露,在上千名园丁的精心培育下,欢快地成长着,赏心悦目,每天都能听到花开的声音。但是,这些孩子来自四面八方,家庭背景大相径庭,性格各异,有开朗的,有封闭的,有怯懦的,有倔强的,一旦遇到挫折和变故,性格中消极的一面就会表现出来。如同自然界的花朵一样,由于品种不同,偶尔受到风霜雪雨的侵袭后,就会打蔫,甚至落叶,内心火炬上熊熊燃烧的火苗就会萎缩,甚至熄灭。

"家长们把孩子送进了衡中,就是对我们莫大的信任,我们有责任、有义务把他们培养成才。在奔向名校、大学的路上,一个也不能少,一个也不能掉队。"这是衡中从校长到老师一致的心声、一致的行动、一致的努力。

高一的周老师回忆说,那年,他班里有一个来自外县的女生,开始学习很好,后来得了抑郁症,逆反心理发作,一天给家长打14个电话,总在电话里吵架。无奈的家长来到衡水,在学校旁边租了房子,让她走读。一天下午6点下课后,家长给周老师打电话说没见到孩子。周老师骑上电动车在偌大的校园里转了4个多小时,终于在一个偏僻的角落里找到了呆呆坐着的学生,哪知学生看到他后,起身就跑,周老师放下车就追,一直转过两条小道才追上,那个女生抱着他就哭。熟知特殊时期学生心理的他没有说话,知道她有心事,也许不会说出来,但需要发泄,就在暮色中看着她。1个多小时后,哭泣声才停了下来。周老师看她平静了,慢慢拉起她的手,在路上听她倾诉,与她谈心,耐心地解开她心中一个又一个疙瘩,看着她擦干泪水的脸,看着她眼中慢慢燃起的火苗,感到了莫大的欣慰。后来,这个女孩考上了理想的大学。临上大学时,她看着敬爱的老师百感交集,忘记了女孩子的羞涩,不由自主地再次上前拥抱了他。

第二章
众手浇开幸福花

语文教师魏素霞，热情、开朗，多年担任高中三年级的班主任。她常说，愿自己是四月天的暖阳，点燃孩子们青春的豪情，让他们以最勇健的姿势翱翔在知识的蓝天之中；愿自己是四月天的春风，缓缓吹拂，抚慰孩子们青春的彷徨，让他们用最坚定的步伐走过高三这段不平凡的岁月。因为，高三是奋斗的战场，是昂扬的舞台，也是青春期的孩子们容易误入迷津的拐角处。

有个叫小磊的学生进入高三后因承受不了成绩的大起大落而封闭了自己，有时甚至出现幻觉和幻听，不得不回家休假治疗。魏老师接他回校时，他的神情木木的。魏老师从他父亲手里接过他的包，上前拍了拍他的肩膀，小磊竟然没有反应，转身离开了。魏老师对其不交流的态度没有在意，宽容地笑了笑。回到班级，魏老师再次把他隆重地介绍给全体同学，当大家的掌声响起来的时候，小磊的眼里有一丝光芒亮了起来。在以后的日子里，魏老师表面上对他和别的学生一样，私下里却找了几个男同学，让他们陪他一起打饭、运动、讨论习题。慢慢地，他融入了集体，学习也找到了感觉和方法，成绩一点点提升，摆脱了下游状态，有一次数学考试进了前十几名。魏老师抓住时机表扬，小磊眼里的光更明亮了。然而，一次放假回来，小磊又恢复了原来迷茫、麻木、神思恍惚的状态。魏老师及时和家长联系，家长说，小磊这次回家后见了初中的一个同学，那个孩子因为特殊原因退学了，小磊可能是受到了负面因素的影响。魏老师打听到那个同学的联系方式，请他给小磊做些工作，但那个孩子只是简单地给小磊发了一条信息，说自己很好，就再没音信了。

怎么才能把他心中的火炬重新点燃，开启他那封闭的心灵呢？魏老师反复琢磨着，想法找到了那个同学的作业本，模仿笔迹，给小磊写信，而后交给小磊家长，把信从老家邮寄回来，并注意观察小磊接到信后的态度变化，并抽时间给他讲一些少年出外打工不易的故事，说一些知识改变命运的道理。慢慢地，小磊走出了阴影，学习成绩节节上升。

高中三年级是每个学生的人生转折点，压力是很大的，往日的笑声少了，脸上多了严肃。看到班里有些沉闷的气氛，有一天，李旭彤老师搬来了几箱水果，让大家停下手里的作业一起吃，要求每吃一种水果说一句跟这种水果有关的词语。他首先拿出一个橙子，剥开皮说："吃橙子象征着心想事成。"同学们立即活跃起来，一边吃，一边想。有的说，吃杧果就叫忙而有果，吃一根香蕉、两个橘子代表百分之百。有的说，吃火龙果叫红红火火，吃比萨就叫披荆斩棘、赢得潇洒，如果人人手上都举着一朵葵花，那就叫一举夺魁。朗朗的笑声和清新活泼赶走了压抑和沉闷，大家的头脑一下轻松、清凉了许多，又投入快乐的学习之中。

李旭彤老师对我说，当班主任既要眼观六路、耳听八方，时刻掌握全班的状态，又要心细如发，注意观察每一个学生细微的变化。2019年，他带高三的一个班，一天上课时发现一个叫段丽珠的白白净净的小姑娘脸上起了一堆痘。他查了一下，发现以前她在高一时是全班第一名，现在降到了第十七名。他及时找她谈话，小姑娘很坚强，大颗的泪珠在眼眶里打着转不往下掉，咧着嘴不哭出声。有着多年教学经验的他立即明白了这个学生遇到了学习的瓶颈，认真对她说："你能考上衡中，说明你不简单，在初中学习得很扎实。在高一、高二全学年一直到高三的开始，你都是第一，说明你很聪明，很有学习天赋，目前的退步是暂时的，不要着急，静下心来，从学习方法上找原因。"而后组织各科老师共同帮助她。段丽珠的成绩又开始上升了，高考时以700多分的成绩名列河北省第11名，跨进了北京大学的校门。

李老师说完后，我问他："如果你不管她，她能考上大学吗？"李旭彤老师说："绝对能，并且应该是不错的名校。但我总觉得，多培养一个北大生是衡中的光荣，也是对一个孩子天赋和学习的负责。"

今年元旦过后，寒潮来临，滴水成冰，有疫情在衡水周边蔓延。看到有的同学情绪有些低迷，一贯青春飞扬的高一班李金老师在晚自习拿来一大袋子板蓝根，给每个同学沏上一杯，往讲台上一站，一抱拳，大马金刀地说："各位英雄晚上好！各位帅哥、美女晚上好！在这寒风凛冽之中，探马来报，新冠之妖已在离我营地百里处安营扎寨，有来犯之心。各位行走江湖，难免受寒风侵袭之苦，加之学业压身，难免心力交瘁，但大家不要怕，各位好汉、女杰的家人给你们送来了增加功力并可御寒之物，就是手中的板蓝根。请和我一起举杯，一杯提神醒脑，两杯永不疲劳，三杯长生不老，功效多多。来，让我们在这作业还没做完、学案还差一点儿、自助还没动的美好夜晚，举起这杯中的琼浆，小酌两口。一祝各位好汉身体康健，新的一年牛气冲天；二祝学案、自助、作业，查啥有啥；三祝语数外物化生，科科夺魁。"

豪气，诙谐，幽默。同学们笑声一片，郑重其事地端起杯子喝干，精神百倍地投入了学习。

相对于李金老师江湖豪放鼓劲儿的班会，另一名李老师的德育教育班会则是另一种风格。在2022年2月14日衡水中学第三届班主任节闭幕暨成果汇报会上，李老师介绍了自己独创的教育方法。

诗情可化意，教书以育人
——我的诗教德育

中国是诗词大国，注重诗词的教化作用是我国悠久的历史文化传统，诗歌是真善美的殿堂，在提升人格、净化精神、成风化人等方面有重要作用，孔子就曾用"诗可以兴，可以观，可以群，可以怨"来概括诗歌功用。

下面我就以诗歌功用为线，谈一谈"诗教"在班主任德育工作中的应用。

一、兴：激发班级情志

诗歌具有吟咏情怀、调动意气、激发情志的妙用。

我尝试每节班会用不同的诗歌引导同学们立志，鼓励同学们勤奋学习，指导学习方法，激发学习兴趣。比如，用"自小多才学，平生志气高"来引导同学们立志，用"读书求学不宜懒，天地日月比人忙"来鼓励同学们勤奋，用"劝君莫惜金缕衣，劝君惜取少年时"来劝勉同学们惜时，用"读书切戒在慌忙，涵泳工夫兴味长"来指导同学们静心沉淀的学习方法，用"读书之乐乐无穷，瑶琴一曲来薰风"来激发同学们的学习兴趣。

同学们化用诗句，歌咏校园景观：面对月季花，刘轩颖同学写下"人言花开无久时，此花无日不春风"，勉励自己恪守初心；面对石榴树，张伯雄同学写下"西风秋意浓，百子发红时"，鼓舞同学坚持到底，终会收获；看见池中金鱼，董宸序同学用"三尺池塘二寸鱼，微水不困越门君"来表鸿鹄之志……

融入诗歌的班会，不仅让德育的感染力更强，增强学生对学校的了解和热爱，还能日积月累地增强同学们的文化底蕴。

除了班会时引用诗歌阐明道理、感染学生，我们还一起创作班级诗歌，抒发情怀，鼓舞士气。

前段时间班级氛围低迷、同学们倦怠之时，体委檀宇诺受《无衣》启发，提议创作603班战诗，用以号召同学们同心聚力、团结互助、共克艰难。

他先创作底本，会集同学一同讨论、润色、打磨，逐步敲定诗歌内容。他们在诗中写道："八风来兮，且韧我羽、且洗我骨、且遂我怀"。无论怎样的风吹雨打，只能使我们的羽毛更加坚韧，苦难洗练着我们的骨骼，挫折正遂603人的心怀。

一首诗成为个人困苦中精神的寄托，一首诗凝聚着班级众人的磅礴力量，一首诗承载着班级困难时期的顽强信念，可以说，诗教的应用，大大凝聚了人心、激励了士气。

二、观：昭明班级得失

诗歌具有察明事理、展现兴衰、使慧目不迷的突出功用。

1.观个人

受毛主席和周总理立志诗歌启发，我鼓励学生以诗歌形式表达志向。我认真阅读每位同学的立志诗，从而了解他们的理想抱负。

班里一直内向、不敢说话的小刘同学，在立志诗创作中突破自我，用"不做枯朽木，甘为长城土"表达自己为国守边、报效祖国的远大志向，令我记忆深刻，我再结合针对性谈话，对他有了深入了解。为帮他去除自卑，确立理想自信，实现上军校、做军人、保卫家国的志向，我鼓励他加入国旗班。他刻苦训练，之后更是成为受人艳羡的"刀客"。

可以说，正是诗歌的形式让学生敢于、善于敞开心扉，班主任才能由诗观人，提供针对性的帮助。

2.观宿舍

除了观个人，还可观宿舍。我鼓励每个宿舍共同创作宿舍风采诗，在诗歌中渗入宿舍目标、整体氛围、心理状态等内容，由此了解宿舍的共性问题。

比如1521宿舍，我从其风采诗中的"忍冬数久繁花盛"见其刻苦作风及因连续优秀而生的浓浓自豪感，从"四境狼虎来势急"可窥其成绩背后的危机感，但"恣笑欢谑影交错"就暴露出其真实存在的纪律不佳、整体骄傲问题。

如此创新、有趣而委婉的形式，使学生变得更敢说、更愿说。诗歌最能言情、言志，我从中也更能窥见他们真实的心理状态，让工作更有针对性。

三、群：使班级和睦

《礼记·学记》有言："独学而无友，则孤陋而寡闻。"为使学生和睦相处、携手共进，就可以发挥诗歌促朋交友的功用。

我班有3名男生因小事起了摩擦，为避免这星星之火酿成燎原大势，我主动出击，让他们从语文活页上剪裁字词，再共同拼凑成一首主旨明确、情感积极、意境优美的诗歌。

这样新颖的形式令3名同学很是好奇，也大为头疼，但为了完成任务，曾经的冤家不得已坐在了一起，沟通交流、推敲语序、润色打磨，不知剪废了多少活页，终于拼出一首满意的诗歌："一夜寒霜一夜风，半山落红半山城。佳期何处觅懿梦，更行更远更还生！"

当作品成形的那刻，3人的火药味早已被诗的美感和作诗的成就感取代，看到他们虽尴尬但又温馨的笑容，便可知曾经的不快早已烟消云散。

事后，有同学给我写字条说："零乱的字、词在一遍又一遍的合作整合后，居然能够成为主旨统一、意境过关的诗，恰如曾经分裂的我们，如今统合团结成为美好的团队！"

见此方法卓有成效，我在班里大力推广，组织宿舍拼诗大赛、小组拼诗、同桌限时拼诗等形式，涌现了一批批优秀作品，促进了班级和睦。

习近平总书记指出："学诗可以情飞扬、志高昂、人灵秀。"诗教德育不仅可以作为道德教化和情感陶冶的载体，使德育焕发魅力、充满诗意，还能增强学生文化底蕴，陶冶雅致情操，实现德、智、体、美、劳的全面发展，践行学校"五育并举"的教育理念。另外，这还是传承、发扬优秀传统文化的有力途径，可以增强学生文化认同与自信，增进学生知国爱国荣国意识。

在快乐学习的背后，是老师们付出的汗水与智慧，是对责任的担当。他们是中国教育园里优秀的园丁，一年四季在这片百花园里耕耘，精心、全方位、立体化地呵护着每一棵幼苗。呵护他们的不光是老师，还有在不同岗位上的衡中人。

2020年12月9日中午，寒风嗖嗖，落叶飘舞，我裹紧了羽绒服去餐厅吃饭，路上碰到一个炊事员用棉袄包着饭菜往学生宿舍跑。他说有个学生病了，他到医务室问清孩子爱吃什么饭，回来做好后抓紧送去。

望着他匆匆离去的背影，我很感动，后来在采访教职工食堂班长张青山、学生食堂班长徐朝晖和综合服务班长李平川时，他们轻描淡写地说："这算什么啊，这不是应该做的吗？考上衡中的孩子都是好苗子，让他们长大成才我们也要尽一份力。孩子们正是长身体的时候，不吃好喝好哪成呢？"针对体育、文艺特长生经常训练、排练不能正点吃饭的情况，他们永远留一个窗口等着、两三个炊事员候着，保证学生来了有热饭、热菜、热汤，不会因为训练出一头汗吃了凉饭而得病。

一直被热气熏蒸着，煮面师傅的手套里全是水

李平川是军人出身，来衡中十几年了。他说，为了保持学生就餐环境整洁，6个保洁员每人每天平均走3万多步。这里的学生学习太专心，常常在吃饭时若有所思，有时把饭卡、水杯、钥匙、雨伞等小物件落在餐桌上，保洁员主动收集起来，放在餐卡管理处招领。一次，一个体育特长生在吃完饭后，把一双运动鞋扔到了垃圾箱里。她走后，保洁员捡出来看到鞋子还很新，认定孩子一定是无意中扔的，便拿出来洗净晾干。过了两天，那个女生找来了，说比赛时没有鞋了。当她看到干干净净的鞋时，深深地向保洁员鞠了一躬。

采访完他们的第三天晚上9点多，我正在西扩区的操场上遛弯儿，看到食堂里灯火通明，我便走进去一探究竟。操作间里炉火熊熊、菜刀声声，几个师傅正在研究西红柿炒鸡蛋的做法。他们对我说，每隔一段时间就征求学生对食堂的意见，如哪些菜需要改进。有的同学放假回来会主动告诉他们哪家餐馆里的哪道菜好吃，他们就组织人去学。他们平时还注意观察每名学生爱吃什么菜，打饭时不等学生开口，就把菜准确地放到餐盘里。每天保证20种主食、20道菜、10个汤，一个星期不重样。

主管后勤的梁辉副校长不间断地到各个食堂去转，去就餐。有一段时间他发现有的孩子爱吃油炸食品和甜食，就对食堂管理人员说，这都是在家里惯出来的毛病，要跟同学们说清总吃这些的坏处，不能学生爱吃什么食堂就做什么，要把味淡的食品调制得更加可口，引导孩子们养成健康饮食的习惯。

一个周一的上午，我上班经过教工食堂，见食堂的班长张青山正看着天上的太阳。他说，这天也不下雪，气候干燥了容易上火，老师们一天天讲课，嗓子准不好受。中午，食堂就添了大枣炖雪梨汤。

第二章
众手浇开幸福花

衡中教师们的一天

在衡中的日子里,我看到了老师的敬业和忙碌。刘士业老师是石家庄晋州人,毕业于河北师范大学,现在是高二1909班的班主任,和妻子都在衡中工作。他家住在桃城区的三徐庄,是个拆迁村,农民较多,每天晚上10点多回去的时候,常碰到喝酒回来的邻居问他:"兄弟,到哪儿喝去了?"早晨5点多上班的时候,邻居也会说:"去晨练啊?到底是当老师的,有文化,还注意锻炼身体。"他每次都是苦笑着"嗯嗯"地回答。

为了更深刻地了解这个群体,我加了3个微信群,一个是宣传处的,一个是2020级高一72人全体教师群,最大的一个是409人的教师群。在这些群里面,每天都可以看到几百条甚至上千条信息,里面没有自我炫耀,没有风花雪月,没有顾影自怜的人生感叹,没有传播闲言碎语的八卦,更没有看似万能实际上一点儿也没有用处的心灵鸡汤。从天刚破晓到夜幕沉沉,全是工作的记录、安排和探讨。我把2021年1月26日他们所发的微信记录下来,从中可以看到他们的工作量和责任担当。

5点30分,王荃老师:郝会锁校长早到位,在操场上指导高三A部跑操,并与王建平主任交流。

5点40分,王阳明老师:高三年级房守川主任提前到位等候来早操的学生。

6点02分,孙超老师:王建勇副校长、李先辉执行校长巡查高三年级早读状态。

7点05分,网名"临江仙"的老师:梁辉副校长巡视高三年级早读状态,并与杜文星主任商讨工作。王建勇副校长深入教室巡查学生状态。

7点14分,王荃老师:高三班主任陪伴学生早预备,多名班主任与学生谈话、做思想工作。

7点54分，李艳茹老师：高一张东营主任巡查各班级早预备状态。

9点02分，刘梦佳老师：教务处刘春叶老师检查高三学生上课状态。感谢教务处助力高三。

9点09分，李娜老师：高一周二第二节课巡课检查：307班刘晶老师讲课细致，未书写教学目标，学生回答问题积极。312班崔志梅老师强调学生状态。311班穆丹老师讲课认真，学生听课认真。309班刘哲老师教学目标书写规范，讲课细致。310班石淑婧老师讲课细致，课堂师生互动效果好。304班卢洪涛老师讲课细致，线下活动结合紧密。303班刘秀转老师教学目标书写规范，课堂要求细致，学生认真听课。302班刘艳红老师讲课认真，授课语速快，课堂师生互动效果较好，线下学生积极回答问题。301班迟海岩老师讲课细致，学生听课认真。附高一1月25日教学常规检查汇总图表。（注：此表略）

9点26分，郭锦格老师：高二1月26日教学常规检查。

11点11分，网名"行"的老师：高三年级全体班主任会，杜文星主任做整体指导。

11点38分，张晓茹老师：高二研课主任会，薛明主任指导，周建主任强调下周工作重点，薛明主任做总结指导。高一开展线上选修课活动，授课教师认真备课、授课，线上线下互动积极，学生热情高涨。高一周二第五节选修课检查，英语配音课，刘秀转老师核查学生名单。趣味考古课堂，尚倩南老师讲课认真，线下学生进入状态较慢。趣味物理课堂，刘钊阳老师提前到位，学生听课认真。奇幻化学世界课堂，陈亚老师讲课认真。逻辑学课堂，杨乐乐老师授课活跃，对线上学生督促到位。急救课堂，马亚男老师讲课认真，线下学生认真听课，有一学生迟到。数学基础提升课堂，张振学老师讲课细致，学生参与度高，课堂紧张高效。军事数学课堂，郝晓老师播放军事数字方面的视频，提升学生兴趣。初等数论课堂，刘晶老师授课有激情，增加了课堂互动环节，提升了学生课堂参与度。

12点44分，王荃老师：高三王建平主任深入宿舍关注学生午休情况。高三高国华执行校长、王丛主任、李朋朋主任带领全体班主任检查学生午休状态并加班开短会，校长助理贾拴柱与大家交流情况。

14点34分，过锦格老师：高二李旭彤主任中午加班汇总数据。

14点42分，谷长亮老师：北区教务处会议，韩志武主任安排工作。

15点16分，杨如意老师：郭春雨副校长巡查高三年级状态并与王建平主任交流情况。

15点33分，黄子爱老师：高二数学组讨论试题编组问题。

15点42分，苏政老师：高三年级周松松主任操前动员，高三王丛主任、李朋朋主任检查课间操状态。

16点54分，赵祥明老师：教务处刘贤老师助力高三，联查学生学习状态。

17点23分，张权老师：奥赛中心教研室拔尖人才培养试讲工作。

18点21分，路硕老师：高一召开研课主任会，王海阔主任支持总结教学常规工作任务，张春晓主任做问题分析，要求研课主任着力培养青年教师，责任到人，较真到人。

18点33分，王兆麟老师：康新江副校长、杜文星主任等巡视高三年级晚新闻状态。

18点44分，刘梦佳老师：高三年级晚新闻期间老师们积极辅导学生。

18点46分，网名"行"的老师：高三年级全体班主任会，周松松主任强化安全教育，杜文星主任做整体指导。

18点51分，网名"临江仙"的老师：高三召开卓越班会议。

19点27分，网名"临江仙"的老师：高三召开卓越班会议，王建勇副校长做指导。

21点25分，谷长亮老师：郗会锁校长查看高三晚自习状态，王建勇副校长到高三和老师们交流教学管理备考情况。

21点31分，王荃老师：郗会锁校长巡查高三各班自习状态，关心备课区老师，并与王建平主任进行交流。高一老师们在认真备课。

21点39分，谷长亮老师：高三老师陪伴同学们晚自习，加班备课。

21点39分，杨柳老师：高一3位老师开碰头会。

21点46分，高子惠老师：高二学生认真晚自习中。

22点49分，张建伟老师：高一老师们在认真备课。

23点50分，王月阳老师：高三年级房守川主任查看22点45分后学生的晚休状态。

这些微信都是带着照片的，从寒风凛冽、路灯未熄的凌晨到星光满天的夜晚，校长和老师们每一刻都是严肃认真的，眼神里始终有一股精神劲儿。尤其令人感动的是，早自习和晚自习期间，学生坐在教室里温暖如春，而楼道里却冷风嗖嗖（按照消防规定，楼道的大门是不允许关闭的），老师们迈着轻柔的脚步来回巡视着，不时踮起脚隔着门上的玻璃看一眼学生自习的状态，并随时准备回答从教室出来的同学提的问题。

这就是衡中老师的一天，日复一日，月复一月，年复一年。为了万千花儿的绽放，为了培养祖国的栋梁之材，20多年来，他们一直这样奋斗着、坚持着。伟大领袖毛主席1940年1月15日在中共中央补办吴玉章同志六十寿辰大会上说，一个人做点好事并不难，难的是一辈子做好事，不做坏事，一贯地有益于广大群众，一贯地有益于青年，一贯地有益于革命，艰苦奋斗几十年如一日，这才是最难最难的啊！2015年10月，在党的十八届五中全会上，习近平总书记首次提出"以人民为中心"的执政理念后，也多次重复这段毛主席语录，反复强调，人民对美好生活的向往就是我们的奋斗目标。

衡中人把领袖的教导融进了血液里，落实到了行动上，把学生的渴望、家长的盼望、国家的需要担在了肩上，化初心为恒心，以恒心守初心，一步一个脚印地往前走着，踏石有痕，抓铁有印。

有人说人生三大幸福是小时候有好父母、学习的年代遇到好老师、工作中遇到好领导。28年来，从这里毕业的上十万学子是幸运的，他们在这里邂逅了人生的第二大幸福，在衡中上千名园丁的精心培育下，德、智、体、美、劳得到了全面发展，带着凝聚社会主义核心价值观的家国梦想，带着特有的衡中精神，跨进了名校的大门，走向了社会的四面八方。我相信，他们的一生，正如奥斯特洛夫斯基所说，当他们回首往事的时候，不会因虚度年华而悔恨，也不会因碌碌无为而羞愧。

老师督促学生尽快晚休，保证睡眠

2020年的七彩衡中

2020年是新时代的中国不平凡的一年,也是衡中战胜疫情取得辉煌成绩的一年。王海燕老师带领她的学生排演的小话剧《七彩衡中》,精确形象地表达出了学校在2020年奋斗的历程和成就。

此剧设计得很巧妙,首先出场的是一位三缕长髯的老儒生。

老儒生开场独白:"我乃老夫子,是稷下学宫的祭酒,也就是学宫之长也,听说后世中华大地上出了一所名校,特穿越过来访问一番,并决定收7个穿不同颜色衣服的学生,我要让他们说说2020年这个叫衡水中学的地方取得了哪些成就,最美的颜色在哪里。"

红衣上场说:"我是红色,代表对国家的赤子之心。学校开展的'战疫党旗红'主题活动荣获了全省中小学党建工作优秀案例、关爱防疫一线医护人员子女为国家英雄助力受到了表扬。还有80里远足、第七个烈士纪念日、12月13日国家公祭日、纪念'一二·九'、培养'六知六爱六荣'等活动,尤其是2020年11月20日在北京召开的全国精神文明建设表彰大会,衡中被中央文明委授予'全国文明校园'荣誉称号,是衡水市唯一获此殊荣的学校,也是学校精神文明建设领域的最高荣誉。所以啊,我是最美的颜色!"

绿衣在武术背景音乐声中上场,一个白鹤亮翅说:"凡衡中学习体育者,均为吾辈习武之人,冬练三九,夏练三伏,山后甩鞭,树下舞剑,日复一日,不敢有一丝懈怠,庚子年更是大奖连连:跆拳道国家竞技得4枚金牌,游泳省赛得13枚金牌,田径省赛摘得7枚金牌,健美操得5枚金牌。就同等学校来说,我们已经在国内拔得头筹。我是最美的颜色!"

黄衣上场说:"我是黄色,很温暖。我们先后组织了远足、成人礼、十佳班长、吉尼斯等70多项特色精品德育活动。你们知道2020年冬天由副校长王建勇参加的吉尼斯挑战决赛吗？你们知道在赛事中1分钟能干什么吗？1分钟可以做俯卧撑131个，可以连续跳绳209个，可以电脑打字123个，可以做引体向上31个，可以穿针引线15次！人的潜能就是这样奇怪，抓住1分钟，我们的生活就能创造许多奇迹。润物细无声，这是对我们意志的锻炼，也是新时代奋斗精神的体现——就是让社会主义核心价值观在每个人的心田里扎根，拥有健康、阳光、自信的学习生活。我是最美的颜色！"

橙衣上场说："我们艺术特长生2020年活力四射：考入顶级艺术院校以及'985''211''双一流'重点大学录取率达到了67%，其中3名同学考入清华大学、3人进了中央美术学院、2人进了北京舞蹈学院；获得了第四届肖邦国际青少年钢琴赛少年组金奖，第八届舞蹈大赛一等奖，省第六届中小学生艺术展演交响乐团、篆刻双一等奖。我应该是衡中最美的颜色！"

蓝衣上场说："我是蓝色，代表了科技。今年衡水中学承办了河北省青少年爱科学校园活动暨腾讯WE大会，我们的代表还跟世界顶尖科学家视频对话。世界机器人大赛、AI探索赛项的冠亚季军全是我们拿来的，厉害吧！我们还拿了全国航空模型公开赛双一等奖、全国青少年模拟飞行精英赛航母起降和竞速赛一等奖。蓝色，蔚蓝的天空，深蓝的大海，多美啊！我，应该是衡中最美的颜色！"

紫衣上场说："我是紫色，我的强项是奥赛。2020年我们有1个唯一、3个第一。我们的同学陈建宇作为全省唯一一人，以全国第一的成绩，入选国际生物学奥林匹克竞赛国家队。3个第一是：化学竞赛11金2银，7人进入国家集训队，以绝对优势位列全国第一；生物竞赛4金2银，2人选入国家集训队，位列全省第一，创造了历史新纪录；信息竞赛夺得1金6银，1人进入国家集训队，位列全省第一。我才是衡中最美的颜色！"

青衣上场说："我是青色，代表了坚忍的教师队伍。每天清晨，天还没亮，老师们就陪伴着我们一起跑操，深夜等我们都睡着了才离校，到家后只能看到孩子熟睡的脸。学生病了,老师陪伴到凌晨3点,第二天还是按时到校。正是有了老师们这种忘我的精神,我们才能快乐学习、健康成长。我们的老师们也是好样的,两位教师荣获全国先进工作者和河北大工匠的荣誉称号,14名教师荣获河北省高中地理优质课比赛一等奖,百名教师被邀请到全国各地讲学。名校的灵魂是名师,有了他们,我们学校才能担当起建中华名校、育民族英才的重任。他们才是衡中最美的颜色!"

老夫子上场,对着七彩衣说:"这衡中的成就啊,我也听说了不少,你们也说了很多,我来给大家总结一下吧:2020年,衡中学子斩获国家级金牌19枚、银牌18枚、铜牌3枚,奖牌总数位居全国前列;800余人获得500项市级以上荣誉奖励;100多名老师外出讲学;60多名专家学者来校做主题报告;150余名教师荣获市级以上集体荣誉。同时,中央权威媒体人民日报、新华社、央视等对衡中进行了700余次报道,德育做法10次上了热搜。全国文明校园、世界顶尖科学家青少年教育联盟基地、河北省教育系统先进集体等22项荣誉花落衡中。海航班的王一,是全省唯一一个被录取为清华大学双学籍的飞行员,还有国际部,有2名学子考入了剑桥大学。赤橙黄绿青蓝紫,谁持彩练当空舞,是我们衡中啊!大海航行靠舵手,万物生长靠太阳,衡中的发展靠的是立德树人、'五育'并举,要把我这稷下学宫比下去了啊。孩子们,你们都很出彩啊,都是衡中最美的颜色。"

七彩衣齐声说:"对——"

老夫子说:"你们现在有个新词叫'筑梦新时代,奋进新征程',也叫新时代、新阶段要有新规划、有新发展。我既然穿越到了你们这里,也用现代白话文给你们的学校赋诗一首,大家要不要听啊?"

七彩衣围上去,同声喊道:"要听。"

老夫子整衣理髯,捻须望天,迈着四方步吟诵道:"七秩衡中破万难,恰似春雨润心田。不忘初心踏浪行,共铸辉煌谱新篇。"

第三章 绿叶对根的情意

人这一生有许多难忘的地方：故乡的山水田野，学校旁边的小池塘，第一次谈恋爱的第几根电线杆下或流水潺潺的小河旁，第一次参加工作时单位的大门口和自己的那间办公室等，但在人的青少年时代，难忘的地方往往就两个——故乡和学校，而最难忘的也许还是在高中学习的那段时光。小学和初中大家年龄还小，同学之间相处多打闹，对老师的态度主要是尊重和崇敬；大学时代就有些世故了，同学之间的友谊是有选择性的，对老师也是有所挑剔的；唯独高中阶段，师生的友谊是最纯洁的。

在采访衡中的学生和校友的时候，他们对这所名校的感情不仅仅是难忘，更多的是依恋、留恋、眷恋、感悟、感恩、报恩，是一种深深的绿叶对根的情意，他们把这些化作了报效祖国、报答家乡、报恩母校和老师的行动。

校旗

第三章 绿叶对根的情意

尖端领域展英姿

2020年3月2日下午，在和煦的春风下，清华园里一片欢腾。习近平总书记来到清华大学医学院考察调研新冠肺炎疫情防控科研攻关工作，听取了医学院张林琦教授、程京院士课题组应对疫情的科研成果汇报，并针对新冠肺炎疫情防控、科研攻关等发表了重要讲话，引起了医学院广大研究人员的热烈反响。其中，衡中2013届校友、正在清华大学医学院攻读博士学位的李明茜有幸同习近平总书记进行了面对面的交流。后来她对衡中的老师们说，回想起和习近平总书记面对面交流的情景，心情久久不能平复，几个月来的科研压力和疲惫瞬间都化作云烟。疫情当前，青年生逢其时，重任在肩，作为衡中出来的学生、作为清华人更要勇于肩负起历史责任，在抗击疫情中发挥自己的作用。"习近平总书记的到来为大家增添了满满的信心和力量。希望在党中央的领导下，我们和各个实验室的研究成果都能在抗击疫情中发挥重要作用，希望我们的疫苗和抗体药物早日应用于前线。要拿出当年在衡中学习的劲头来，加油！"

10年前，央视曾以高考为主题，采访了衡中的一个学生——393班的班长李松。这个初生牛犊在镜头前毫不怯场，阐述了自己的备考观点："你多拿1分，就可以在全省压倒1000人，甚至更多，所以我觉得每一分钟对我们来说都非常重要。多学习一分钟，多掌握一个知识点，就可能多得一两分。"此话一出，立刻引起了那些自己的学校办不好、升学率低、常拿素质教育做挡箭牌的人许多怪话，什么"衡中是高考工厂""衡中的学生高分低能，到了社会上做不了什么大事"，等等。10年后李松又出现在人们面前，他是以中国常驻联合国代表团外交官的身份向自己的母校和老师表达祝福。大家看到的不是当年那个为了1分拼死拼活的学生，而是已经站在了很多同龄人，甚至是比他大十几岁的人都无法达到的位置。

10年前的李松并没有进入梦寐以求的清华、北大，而是被专门培养一流外交、外事人才的外交学院录取。大学期间，他没有懈怠，依旧像在衡中一样严格要求自己，不仅担任了学生会主席，还在北大举办的对外谈判中文辩论赛中获得了冠军，以从衡中学到的"优秀成了一种习惯"作为生活工作中的准则，并拓展到了职业生涯中。李松毕业后进了外交部，2017年，作为联合国秘书长古特雷斯的礼宾官出现在"一带一路"国际合作高峰论坛上。他陪同前外交部长李肇星视察了衡中。

在谈到求学和工作的经历时，他说："高中是青春的黄金时期。作为一个经历过高考的人，我知道高考给学生带来怎样的压力，我也经历过起早贪黑、头悬梁锥刺股的备考阶段，但我更清楚普通院校和名校之间的差距。在名校毕业后参加工作，你未来人生中的视野、格局以及所接触到的资源不是一般人能想象得到的。衡中与其说是'炼狱'，不如说是通向名校的阶梯，在攀爬中当然要吃苦受累，竭尽全力。衡中教给我们的不仅仅是知识，最重要的还是家国情怀，是时刻给自己压力、推着自己向前进、报效祖国的优秀品格。"

衡中每年都输送一批优秀学子。他们进入了名校，毕业后足迹遍布世界五洲四海，他们时刻用衡中的精神激励着自己，在祖国最需要的时候，展示出了衡中人的风采。

第三章
绿叶对根的情意

危难时刻显身手

2021年元旦刚过,新冠肺炎疫情蔓延石家庄,省城陷入危机。一方有难,八方支援。1997—2000年就读于衡中、大学毕业后在衡水市人民医院担任重症学科副主任的女医生张建军和她的40名战友组成医疗队驰援石家庄,与来自大西南的华西医院同人携手奋战在救治重症患者的第一线。在紧张的战斗之余,她写下了如下的日记。

17日凌晨,刚下大夜班,7点接到通知,中午奔赴石家庄抗疫前线。虽然之前已经报名主动请缨去抗疫前线,有充分的思想准备,但是由于刚下夜班,接到电话脑子还是有点儿蒙。把自己负责的3名重症患者交接给下一班的同事,只有一上午时间回家准备行李,所以,先给家里打了电话,帮忙先准备着。回到家发现,满满一个大行李箱已经准备好,吃的、喝的、用的,有纸尿裤、维C、咖啡,甚至还有白茶和乳清蛋白,说是增强抵抗力。这次我们院派出了3名医生、8名护士,感到压力很大。我们不但救治病人,更要注意自身防护。医院立即召开了小组会议,安排班次,强调防控要点。

18日,为了减少人员聚集,我们分组培训穿脱隔离服和回驻地的防护措施,穿脱隔离服考试通过后才允许进病房。考试合格后,我们被分配到石家庄市人民医院,与华西医院同人一起救治ICU重症患者。石家庄人民医院的一名医生说,他每天只能睡4小时。我告诉他,我们来了,一起战斗吧。18日白天培训,晚上就上岗了。真正进入病房是21日,进去之前还有点儿担心,进去之后把担心忘记了,只记住了两条:管好病人,保护好自己。ICU分为危重组和重症组,由国家级专家组华西医院团队制订救治方案。危重患者治疗方案复杂,需要密切观察病情;重症患者大多数清醒,需要鼻导管高流量吸氧和俯卧位治疗。我被分到重症组，除了治疗外，更多的是和病人沟通，尽量减少他们的恐惧和焦虑。第一个班次收治了一名重症患者，没有明显憋喘症状，但胸部CT情况进展很快，需要面罩吸氧维持氧饱和度。这名患者说："我很害怕，我不难受，为什么把我收到这里来？我今天都没吃饭。"我告诉她："不要怕，这里有最好的医生。著名的华西医院给您治疗，您一定会好起来的，一定要有信心！"随即和值班护士送上了饭菜，积极与她沟通，让她增加营养。

我们管理着十几名重症患者，工作内容包括收治新病人、做CT、写病历、病人转出等。能和华西医院的老师们一起战斗是一种荣幸，让我学到了许多东西。华西医院的彭勇老师比我们早两天进病房，工作热情特别高涨，什么活都干。看到他的工作状态，我的信心更足了。

23日0点30分张建军下夜班后，发了一条朋友圈信息："洗完澡，收拾完了，这个点不想吃饭了，吃点儿牛肉干、卤蛋也挺幸福的。"

张建军在23日的日记中写道："我们的医生和护士团结在一起，做好防护，互相监督，一起加油！请同事、亲人、朋友放心，保证完成任务，做到零感染！只有消灭了疫情，我们才能自由地呼吸，放心地在外面走走、晒晒太阳。我们必胜！"

日记写得很朴实。事后有人问她，作为一个理科生，写日记的习惯是什么时候养成的。她说是在衡中，当时老师要求每人把每天要学习的内容写在纸上，做到当日事当日毕，以便第二天用空灵的大脑去接收新的知识。

她在石家庄市人民医院战疫的时候，离她岗位不远的地方，为了医院的无影灯明亮如昼，也有两个女校友和她一起奋斗着，她们是国家电网石家庄供电公司桥西供配电中心的边喆和刘静。

边喆，2008—2011年就读于衡中，大学毕业后在桥西供配电中心做用电检查员。疫情猛如虎，石家庄各小区开始封闭，本着国家电网的服务宗旨"你用电，我用心"，边喆迅速梳理了辖区客户信息，建立了重要客户微信群，主动打电话联系省委、河北会堂、河北中西医儿童医院、7家隔离酒店的电气负责人，快速解决了多个高压客户因封闭无法购电的需求。看着越来越紧张的防疫形势，她向所在党支部递交了准备已久的入党申请书，如愿以偿地加入了"桥西供配电中心共产党员突击队"，除了和男同志一样到现场抢修用电故障外，还拾起了在衡中学到的写文章的本事，兼任了新闻报道员，第一时间抓住现场亮点，整合素材报道出去。2021年1月17日，国网公司紧急调集天津供电公司发电车支援石家庄，她和工友们立即奔向保电现场，对接好电路，和天津来的师傅一同值守在河北会堂空旷的广场上。看着省委领导开会的地点灯火通明，她在寒风中仰望星空，想起母校"追求卓越"的校训。

刘静，1999—2002年就读于衡中，研究生毕业后到国家电网石家庄供电公司桥西供配电中心任电费专责。疫情急，小区封闭，刘静他们负责的96个小区6万多户居民电表中电费所剩无几。欠费不停电，为群众解决困难，上门售电。刘静带着她的战友们拿着POS机上路了，在严寒中走过一个又一个小区，克服了抄表读数器失灵、程序紊乱等一系列困难，让每个窗户都亮起了温暖的灯光，飘出了饭菜的浓香。

其实，校友共同战疫情在2020年2月就开始了。就读于2001届9810班、后来是医学博士的吴骁伟说："北京中日友好医院作为最早支援武汉的医疗队之一，2月初进驻华中科技大学同济医学院附属同济医院的中法院区，我和衡中同学刘笑雷竟然在这种特殊时期在同一家医院相遇。我们两个在不同的隔离病区，考虑到隔离制度，为了防止接触带来风险，我们没有见面，有的只是电话问候和相互鼓励。我俩都是外科医师（胸外科和肝胆外科），作为衡中的毕业生，能够以实际行动在抗疫第一线贡献一份微薄之力，深感荣幸和自豪。"

冬奥会上尽风流

2022年早春二月，举世瞩目的第24届冬季奥林匹克运动会让亿万人热血沸腾，也让衡中人激动不已。在这次盛会上，有10多名衡中毕业生的身影。

张家口赛区，衡中的老校友、名满中华的"六个核桃"饮品的掌门人姚奎章和衡水市体育局的郝建举起熊熊燃烧的火炬，迈着矫健、自信的步伐奔向前方，展示着衡中人的风采。

2月4日晚9点51分，当习近平总书记宣布冬奥会开幕的时候，全场沸腾了，由中国人民公安大学107名本科生组成的执旗手表演团队手执奥运会五环旗和不同代表团的旗帜，站在了鸟巢中央，围成了一个弧形。寒风中挺拔的雄姿，猎猎的大旗，让全场欢声雷动。在这支队伍里，就有衡水中学2020届毕业生、现就读于中国人民公安大学的张涵宇。他是巴西体育代表团的执旗手。2月8日，《衡水晚报》的记者连线采访了这位小伙子。他说，去年9月，中国人民公安大学开始为冬奥会选拔执旗手，除了身高要求在1.8米以上外，对仪容仪表、言谈举止等方面也有着严格的要求。他想到成功入选后可以参加全球唯一的"双奥之城"北京举办的这次国际盛会，在全世界70亿人面前展示新时代青年的形象，为母校、为家乡争光，勇敢地报了名。经过两轮的淘汰式选拔和4个月的艰苦训练，他终于登上了奥运会开幕式的大舞台。谈到这次成功，他激动地讲："刚上衡中军训时，我就被选为学校国旗班的成员，从那时就经常有体能和队列方面的训练，对我入选奥运开幕式执旗手有很大的帮助。衡中'追求卓越'的校训一直激励着我，做任何事情都要努力做到最好，这种向上的精神一直指引着我奋发向前。"

也是在鸟巢，也是在那个令人难忘的2月4日晚，各国运动员入场了，走在前面的是高举雪花引导牌的轻盈秀丽的引导员们，在这支队伍里有衡中2020届毕业生任紫涵。她是衡中的舞蹈特长生，现就读于北京体育大学舞蹈表演专业。接受采访时她说,衡中带给她的不仅仅是学业上的进步,更是精神上的鼓励。上大学后,她一直把"追求卓越"的校训铭记于心,就是凭着这个校训,被选拔为引导员后,在4个月的准备期里,每周末到体育馆穿上粗跟高跟鞋围着体育馆练习走步,常常从下午一直练到晚上八九点,从"准备位"到"举手位"每个细节都要练习无数次,身体酸疼,有时累得眼泪在眼眶里打转,但脸上始终保持着笑容,每次都用仅剩的力气坚持到最后一秒。

李纯键在校时参加运动会冲刺瞬间

谈到这次冬奥会,衡中的体育老师郭连喜异常兴奋。这个身手不凡、浑身充满活力的中年人对我说,体育是一个国家实力的重要象征,这次冬奥会中国人在世界面前大放异彩,其中一个雪车运动员李纯键就是他的学生。郭老师从这个1.8米的学生一入学百米跨栏时就发现了他身上的体育潜质,对其进行了精心培养，除了训练技能外，主要是用衡中精神鼓舞他，培养他的意志力、自信的品质和为国争光的决心。功夫不负有心人，李纯键顺利地进入了北京体育大学，2014年毕业后被选拔到了国家队，2017年夺得了全国雪车赛冠军，2018年获"北美杯"普莱西德湖站第二名，2021年3月获得全国四人雪车赛冠军，2021年至2022年获"北美杯"惠斯勒站季军，这次又代表中国在冬奥会上角逐，在最高时速达到140公里并且要急转弯的雪车上展示了衡中学子的风采。

兵马未动，粮草先行。前方将士奋战，离不开后勤的强大支援。今年的冬奥会与往年相比，相同的是奥林匹克精神，不同的是面临着疫情防控和冰雪运动组织难度大的双重任务，需要一支能征善战的后勤服务队伍。衡中的10多名校友勇敢地加入了志愿者的队伍，在不同的岗位上尽显衡中人特别能战斗的风采。2007届和2019届毕业生袁松和王锐，一个是就职于河北医科大学第二医院的医生，一个就读于河北医科大学2019级本硕班。两人穿起了厚重的防护服，日夜战斗在张家口赛区冬奥村诊所。2021届毕业生、现就读于电子科技大学的白翔宇担任了张家口赛区桥西区重点区域志愿者大境门广场组组长，每天带着伙伴们在雄伟的长城脚下，冒着冰雪寒风，为游客指路，提醒大家做好防护措施，协助注册媒体及非注册媒体采访，发放物资，处理突发情况。2020届毕业生、现就读于北京第二外国语学院英语学院人文交流专业实务的魏沛含，担任了延庆赛区国家高山滑雪中心奥林匹克大家庭礼宾助理领域的组长，负责接待各国元首、部长级外宾并提供礼宾、语言服务。他和大家一起在赛前将奥林匹克大家庭休息室贴上了窗花，布置了中国结，营造出了中国年浓厚的氛围；顶着-20℃的严寒在座席区检查座椅，确保外宾有流畅舒适的观赛体验；用娴熟的外语和礼貌的动作解答外宾的提问和咨询，经常连续工作十几小时，披星而出，戴月而归。还有在速滑馆的柴佳琪，山地新闻中心的张楚杨、芦婉晶、赵栋等，他们把衡中精神带到了世界顶尖的赛事上，带到了展示中国力量的大舞台上，他们是冬奥会上"燃烧的雪花"。

为有源头活水来。"无体育不衡中",这是校长郗会锁经常说的一句话。近年来,衡中认真学习习近平总书记关于冰雪运动的重要论述和指示精神,高度重视冰雪运动进校园。2020年8月,衡中成立了"两栖"速滑队,刻苦训练,连续参加了河北省速度滑冰锦标赛、河北省冰雪联赛、全国轮滑大联动青少年体育俱乐部暨"滑启100"中国轮滑巡回赛、京津冀滑轮邀请赛和衡水市冰雪运动会等赛事,共获得省级赛事荣誉21金13银11铜、市级赛事19金9银6铜,目前有国家一级运动员1人、二级运动员13人。

这就是衡中人的觉悟、衡中人的底气,在任何国家号召的运动中不缺席,"五育并举",争先夺冠。

回报家乡志不移

衡水中学在衡水，不仅是中华名校，还是对外宣传、助力地方经济发展的一张亮丽的名片。2020年12月17日，在冰雪晶莹的衡水湖畔，衡水市政府举办的衡中知名校友助推衡水经济发展推介会召开，来自北京、天津、上海等全国各地重点企业、科研高校150多名校友聚首母校，共叙乡情，共话未来，共享商机，共谋发展。衡中1996届校友、国家广电总局网络视听节目管理司副司长李忠志来了，1981届校友、河北师范大学副校长郑振峰来了，2004届校友、上海予舍建筑设计有限公司的高善通来了，享誉世界的养元智汇饮品有限公司董事长、"六个核桃"的掌门人姚奎章来了……会议室里热气腾腾，大家畅谈在母校的时光，共叙校友情、师生谊。听了市政府领导对衡水未来发展的介绍项目发布和郗会锁校长的欢迎词后，大家一致表示，衡中是衡水的中学，在这所中华名校里受到的"追求卓越"的教育使自己终身受益，助力家乡经济建设义不容辞。李忠志说："衡水中学不仅铺就了我通往大学的阶梯，更点亮了我不断前行的精神动力，衡中的精神始终流淌在我的血液里，我要为衡水建设经济强市尽一份绵薄之力。"郑振峰表示，未来河北师大的人力、科技、政策要向衡水倾斜，助力家乡发展。1986届校友、青岛吉尔工程橡胶有限公司董事长曹铁旺考察了当地的橡胶企业后，当场拍板投资1亿元，把一款新研发的产品落户到衡水，预计年产值达到10亿元以上。他说："衡水中学培育了我，我为今天有能力回报母校、回报衡水人民、为家乡经济发展出一份力感到高兴。"本次校友会，签约各类项目18个，总投资150多亿元。

第三章
绿叶对根的情意

长揖跪拜谢师恩

20世纪80年代,著名音乐家谷建芬谱曲了《绿叶对根的情意》,歌词中写道:"不要问我到哪里去,我的心依着你;不要问我到哪里去,我的情牵着你。我是你的一片绿叶,我的根在你的土地,春风中告别了你……我的路上充满回忆。请你祝福我,我也祝福你,这是绿叶对根的情意!"这首歌曲淋漓尽致地表达了离开家乡的游子对故土的深深眷恋之情,永远剪不断、穿不透的血肉关系。这首歌后来被歌手刘欢和毛阿敏唱遍了大江南北,两个人情深义重、牵肠挂肚的演唱让许多听者泪水涟涟,有的甚至掩面而泣。我也曾在北京音乐厅被深深地感动过,但远远比不过2020年11月7日衡水中学1990届、2000届高中毕业30周年、20周年校友重聚首活动中所受到的震撼。

毕业生重温课堂时光

根深扎沃土（长篇报告文学）
——这里是衡中

那一天，在冬日的阳光下，几百名中年人脖子上统一围着长长的红围巾，来到了他们曾经学习过并从这里迈进了名校大门的地方。他们走进教室，抚摸着自己曾经的座位，望着熟悉的黑板，想着恩师的循循善诱；漫步在校园里，看着一草一木，回忆着在这里度过的刻苦而又欢乐的时光……感慨万千。在大操场边上的一棵梧桐树下，我听到了两个看似夫妇的中年人的谈话："20多年了，我一直想着这里。当年要是不上衡中，咱们怎么能上北京的大学，还能在首都安家啊。""是啊，那年我跟家里闹别扭，不想上课，就在这棵树底下蹲着，班主任刘老师拉着我的手在操场上走了1个多小时，星期天扔下自己的孩子给我补习物理课。衡中伟大，恩师情如海深啊！"

在召集人的呼唤中，我和他们一起进了莘元馆。郗会锁校长发表了热情洋溢的欢迎词后，高高的个子、戴着一副白边眼镜的校友代表赵力走上台说："各位老师，各位同学，大家上午好！我是一个典型的理工男，不会讲太多的客套话，面对这么多敬爱的老师，我做一件事，代表毕业20年、30年的同学，给各位老师行大礼。"说完，走到舞台中央，双膝跪地，两手抱拳，作了一个长揖，头触地面，磕了一个古风范十足的头。那一刻，上千人的会堂里鸦雀无声，时间静止了，声音静止了，每个人的感情却汹涌奔腾着，后排的校友们眼睛湿润了，站起来了，响起了哗哗的掌声，他们在为自己的同窗用这样的方式感恩而喝彩！前排的老师也站起来了，泪珠滚动着，向着自己的学生鞠了一躬。眼前的学生已经不是几十年前在这里学习的十六七岁的毛头小伙，而是一个事业有成的中年人了。他，是天津大学机械工程学院博士生导师，天津大学长聘教授，中低温热能高效利用教育部重点实验室主任，天津市可再生能源学会秘书长。他，长期致力于解决以再生能源为主的中低温热能高效利用过程中的关键技术问题，尤其是涉及以非共沸混合工质和有机朗肯循环为核心的分布式多联供系统，围绕工质优选、热力过程增效减熵和实际热力循环构建等关键科学问题开展了深入的研究。他，赵力教授，发表国内外学术论文109篇，其中第一通讯作者SCI论文收录

59篇、EI收录53篇、高被引论文5篇，累计被引次数超过1000次；参编中英文专著3本；主持国家级、省部级及横向课题24项，其中主持国家自然基金4项、国家科技部863计划2项、天津市科技项目4项，累计获得科研经费4400万元。就是他，一个科研成果和著作等身的大教授，给昔日的恩师跪下了。

"徒儿今虽也蹉跎，见师如父膝无金。"都说男儿膝下有黄金，跪天跪地跪父母，但一日为师，终身为父，赵力校友向恩师行的这一大礼，体现了尊师重教、古朴民风的传承和发扬光大。他这一跪，跪出了老师的幸福、学生的感恩、校友的素质、师道的尊严、师生的情感、师路的信心。

教育的根本目的是立德树人，是发现、培养真善美的心灵。衡中"追求卓越"的校训，后来提出的三大办学责任、四大办学战略、五大办学理念、五大办学指南等，都是一直将德育视为自己的"根"，坚持把立德树人作为己任，培养出了一批批有道德、有理想、有能力的优秀人才。今日，校友对母校行大礼，是发自内心的尊重与感激，是对讲究礼仪孝道这种中华民族优良传统的弘扬，更是衡中办学之路成功的体现。

回望母校情无限

在后来的校友座谈会以及开设的"校友论坛"上，众多的衡中学子都对自己的母校表达了深深的眷恋和敬佩。

天津融融地产总经理、唐山开元地产投资拓展中心副总经理、中地汇（天津）网络科技有限公司总经理鲍捷说："我们毕业已经20年了，作为2000届代表，我参加工作也十六七年了，早在2003年，我就已经在大学里以实习生的身份开始工作了，但就像校长所说的，我们现在还是少年。说实话，十几二十年，我们在外面拼搏，今天真正回来了，有比较深的感触。我们都已经是为人父、为人母的人了，离开20年回来，和我们的老师又重新见面了，怀着深深的感激之情。衡中给了我们很多吃饭的本事，这是我个人的感觉，也是我们这批人的感觉。从我个人的情况来讲：我在天津起步，2003年开始做房地产，当年加入的融创地产现在已经叫融创中国，也是全国前十的上市企业。2010年我开始单独创业，到现在做了一家房地产公司、一家互联网公司和一家商业公司。这么多年拼搏过来，对身边的同事、员工，还有我的孩子，我常讲，我所取得的这些小成就都是在衡中精神鼓舞下的结果。首先，衡中给了我许多耐性，这叫坚忍。这种坚忍来源于当时第一个点，我在初期融入社会的时候感觉特别适应。我进融创的第一年全年无休，每天早晨7点上班，到晚上12点或到凌晨2点才能下班，这种作息时间不知淘汰了多少人，95%的人都没能坚持下来，但对于从衡中出来的我来说，这根本就不叫事，因为我是从母校带着一种叫坚忍的财富来的。我无论从事哪一个行业，都用衡中的方法去分析、解决问题，所以从这一点上来说，衡中给了我吃饭的本事。我的孩子现在10岁了，在天津上小学五年级，每一年期末考试之前，家里人就会把一个重要的活安排给我——辅导孩子作业一周，因为家里就我一个是衡中毕业的。我用衡中的学习方法突击他一周，他几乎每次都考第一。我对他讲，把你的时间规划好,把你的态度自律好,把你的坚忍和勤奋坚持下来,你一定差不了。所以,我现在想说,衡中精神不只是体现在在座的诸位校友身上,而是已经形成了一种社会现象和人文精神、态度,这种精神的传承不再限于老师和学生两代之间,所有衡中人都以父母的身份在向下一代传递,衡中的强大是必然的。其次,衡中不仅给了我们吃饭的本事,还给了我们很好的平台。郗校长讲,我们有很多同学都在各大企业里面,有知名的互联网公司、上市企业,或自己的创业平台。说实话,在现实社会上打拼,同学的资源比任何其他资源更可靠、更扎实。今天,我有幸回到母校,见到了毕业20年、30年的同学和校友,参加了校庆这一活动,这是母校给我们的又一笔财富,这笔财富会支撑我们更好地去传承衡中精神,也能够让所有的衡中人继续追求卓越,让衡中能够更加辉煌。说一千道一万,无论是从我们年少时教给我们知识,还是我们长大后继续给我们资源和平台,这都是衡中给我们一辈子的财富。千言万语汇成一句话:谢谢!谢谢我的老师们,谢谢我们的衡中!"

1981届40班,南开大学历史学博士,曾任北京市延庆县委常委、宣传部长,第29届奥林匹克运动会组织委员会文化活动部副部长,现任北京联合大学生物化学工程学院党委副书记的赵艳霞说:"能受到邀请,非常荣幸。很高兴看到我敬佩的当年的班主任和数学老师李朝山,还记得老师教我们用'耍赖'的方法保证睡眠——下了晚自习回宿舍的路上,从心理上对自己耍赖,到了床上就容易入睡。这个方法很有效。很高兴看到曾为我国地震预测做出杰出贡献的我的地理老师——89岁高龄的封期靖,他带来了我们班当年的合影,在上面我又看到了青涩的自己。想到了图书馆的韩老师,我假期经常去叨扰借书,他不厌其烦,我因此得以把图书馆的书翻了一个遍。也不由得怀念阳光、温馨、声如洪钟的外语老师王古希,他在工作岗位上永别了学生。怀念博学而谦卑的语文老师赵海潮,他用工资买了大量的奖品鼓励学生学习语文。重返母校,思绪万千。38年过去,弹指一挥间。想起了我们姐弟3人在衡中同校学习的时光。高中时代的欢乐太多,高中时代老师们的教诲和正气使我的人生受益良多。对母校，我深切的体会是衡中人作风正、注重行动；衡中人艰苦朴素，低调内涵不奢华，专注事业，在简朴的条件下为我国教育事业创造了惊人的业绩；衡中人不搞花架子，不摆花样子。在外这么多年，我屡次听到将衡中妖魔化的论调，也曾多次在不同场合维护衡中的声誉。有意义的行动胜过千言万语，衡中人不必理会流言蜚语，衡中人始终以实际行动为国家、为民族、为社会默默做着贡献。在此，我向我的母校——衡水最亮丽的名片致以崇高的敬意。"

老学姐的感受是睿智的，小学妹的表达是奔放的。2020届毕业、考入南昌大学的体育特长生王也，是世界首个中式八球女子冠军，在CBSA中式台球女子排名中现居第一，多次吸引中央电视台对其进行报道。她说："在衡中，最难忘的是学校为我们举行的成人礼，让我感觉一夜之间长大了，明白了对家庭、对父母、对社会、对祖国的责任与担当。母校的成人礼有文化、有情感、有仪式、有内涵，情感交融，育人育心，更教会了我们要多多思考，使我们懂得了感恩。最感动的是我的任课老师们无私奉献的精神。为了不耽误我们上课，有的老师放下生病需要照顾的父母，请人代劳，在父母最需要的时候不能在床前尽孝；有的老师没时间照顾刚出生的孩子和刚生产后的妻子，很晚回家才见到妻儿熟睡的面孔，第二天早上又匆匆离开。还有我的台球教练周松松、赵迪老师3年来为了我的训练东奔西走，忙忙碌碌，给予我最及时的帮助和无微不至的关怀。想起老师们的不求回报、默默付出，我总会泪流满面。感谢母校对我的支持与培养，身为一名运动员，我的一切成绩都来自母校优秀的素质教育，强大的专注力、自控力、抗压力皆是母校带给我的优秀习惯，让我在比赛中受益匪浅。母校衡中永远是我的家。在新的征程中，我必须努力奋斗，将来回报母校、建设母校！祝母校衡中永远卓越，永远年轻！"

清晨,学子们奔向操场

清晨,活力四射的操场

2006届242班的青年作家仝十一妹向老师们深鞠一躬说:"我是2006年从这里考上北京大学的,现在中国移动公司工作。我觉得衡中成就我的不仅是高考的分数,更是人生中追求卓越的力量之源。我来自农村的普通家庭,回想刚进北大的时候,我在知识上、眼界上乃至生活技能上都跟来自全国各地的天之骄子有着巨大的差距。我没有手机,不会用电脑,更要命的是,我从一入学就背负了24000元的助学贷款。但是,这些挑战对我来说,就跟晚自习时收到一叠自助餐券没什么区别,因为在衡中我已经锤炼出一颗强大的心脏,即使被碾压到极限也能满血复活。

"衡中带给我的是分秒必争、心无旁骛的自制力,是百折不挠、越挫越勇的韧劲,是'时时事事争第一'的野心,是'志比云天,谁与争锋'的霸气。有了衡中这碗酒垫底儿,什么挑战我都来者不拒!带着这样的底气,我淡定地开启了燕园的生活,一切从头追赶,井井有条地安排好专业学习、学生会工作和公益活动,兼职勤工俭学,没有再让家里出一分钱。到大四毕业时,我不但拿到了"优秀毕业生"的称号,而且还清了全部贷款。走上社会后,我实现了人生更多的进步。我越加发现,当优秀已经成为习惯,你很难再回到平庸的位置;当追逐梦想已经尝到甜头,你很难停下追逐下一个梦想的脚步。这就是衡中人的习惯。

"不过,习惯归习惯。关于衡中生活的具体回忆,却不是紧张压抑的,不是量化表,不是违纪通知单,不是没完没了的试卷,而是张楠老师从教工食堂端来悄悄放在我们饭桌上的水煮肉片;是中秋之夜大家品尝着张桂安老师买的月饼,关掉灯,听王菲的《明月几时有》;是在高考之日,年级主任郗会锁老师拎着桶站在路边,给大家分发茶叶蛋……这些记忆,是幸福的味道,是青春的味道,是奋斗的味道。这次回来,来不及见每一位老师,但我想说,我非常感谢你们,感谢衡中,感谢我所有的恩师。"

2001届986班刘笑雷是中日友好医院的普外科肝胆胰专业组的副主任医师,还是解放军医学院在读博士生、中国抗癌协会康复会学术指导委员会肝胆胰分会委员、中国医药教育协会腹部肿瘤专业委员会循证医学组委员。他很忙,一回到家乡马上有许多人找他看病。他简短地说:"我一直感谢在衡中度过的3年时光,正是这段岁月塑造了我坚毅的品质和不屈的性格,这是我一生取之不尽的财富。希望这波疫情过后,更加年轻的同学能够努力学习,自立自强,为使中国成为一个真正有文化自信、民族信仰的国家而努力;也祝愿母校衡中续写辉煌,为祖国发展培养更多优秀人才。"

2011届的王占举,是欣欣向阳影视公司的合伙人、欣欣向阳小镇运营管理公司的总裁、中国房地产经理人联盟的副秘书长。谈起自己的母校,他感情满满地说:"每次回衡中,我都是非常虔诚的。首先,它改变了我的命运,直接助力我考上了'211'大学,促使我本科阶段再接再厉,获得北大光华学院硕士保送资格。其次,它给了我在现实中奋进、在困厄中坚持的原动力。最后,这里有可爱可敬的老师们与持续让我对标追赶的校友们。这两年,在我的历史老师郗会锁校长的带领下,衡水中学在狠抓教育教学的同时,大力扭转被个别媒体不断放大、神化、妖魔化的形象。在增强自身建设的同时,更多地表达了责任担当、激情实干、团结精进、和谐共生的衡中精神,以及以终生难忘的教育培养和谐的人、提高绿色升学率的理念。这些变化,不断被社会认可。我身处北京,身边一些教育界、媒体界的朋友,他们都在逐步接纳、认可并主动传播衡中精神、衡中理念。我的朋友王育琨作家在自媒体公众号上连续发文,为衡水中学以及背后的精神内核摇旗呐喊。一花一世界,这都是我身边的例子。从另一个角度看,这也是对衡中正向的认知,也是衡中人持续不断、默默付出的结果。这次校友论坛,最大的校友是1976届的张仲景第50代传人张明,最小的校友是2015届的创业者段然,整整相差40年。母校很快就迎来70周年校庆,70年是一条岁月的长河,溯源而上有着太多的峥嵘值得书写,太多的感情需要表达。"

在校友论坛活动前,他接受衡中小记者采访时说:"学生对身边不起眼却很重要的人表示感恩之时,就是学生在践行素质教育的理念了。我很庆幸地看到了这一点。希望更多的衡中学子走出小我，积极奉献付出，反馈给予我们前行力量的母校，为母校的发展书写下浓重的一笔。其实这种付出，也是我们另一种方式的汲取。"

不愧是衡中的高才生，不愧是搞传媒的，表达得很有哲理性。

曾着一身戎装、佩戴解放军上校军衔的1995届118班的胡瑞说："我1999年大学毕业时，在取得了'河北省委组织部免试公务员'录用资格的情况下，投笔从戎，献身国防，是衡中给予的力量。在衡中最难忘的，是那时候高一持续一年的军训，军姿训练、军事技能、战地救护、国家安全形势、武器操作等都让我至今记忆犹新。那个时候，衡中还没有这么好的条件，宿舍是简陋的平房，食堂只有桌子没有椅子，很多时候上晚自习还要点蜡烛，但军训课的存在，使我们感觉到这些都不算什么，因为我们身上穿的是军训服，是战士，是为了祖国富强而努力的未来的战士。在衡中，我最感动的是各科老师的无私关怀，那时认为衡中的老师也许没有家庭需要照顾，也许没有私事要处理，因为无论何时，只要我们需要，老师就会随时出现在我们面前。现在想来，这就是衡中文化的内涵之一，是为师者惟匠心以致远。感谢母校教我懂得努力，教我懂得吃苦，教我懂得奋斗，教给我很多一生用之不尽的本领，比如潜力永远没有底线，比如永远不知道终点在哪里，比如只要努力了就会有回报。"

说到此处，这位铁血军人对着自己曾经学习过的这片热土敬了一个标准的军礼，铿锵有力地说："尊敬的母校，虽然我已年过不惑，但回想高中时代，过去的记忆难以割舍，未来的时光我会继续好好把握，争分夺秒、勇攀高峰将是我毕生的信念与座右铭！祝愿母校永远年轻！"

同样在衡中学习了3年的2018届毕业生张星耀说起在母校的生活来五彩缤纷："从2015年踏入到2018年离开，短短的3年却是我一生都会铭记的记忆。踏入衡中的我并没有那么显眼，离开衡中的我也并不耀眼。对于母校所有学生来说，我可能平凡得不能再平凡。但是，即使平凡的我，回忆起在衡中的点点滴滴，依然感慨万千，因为衡中3年的历练给我们的不仅仅是高考成绩，更是一种精神，一种衡中人才有的精神。

军训（一）

军训（二）

"其一，衡中给我的是一种'不要脸'的精神。曾经的我，很腼腆，很怕在公众场合说话。因此，一开始我很少问老师问题，但在衡中，不去问问题才是最大的问题所在。衡中的老师会经常鼓励我们问问题，也许老师在课上讲课特别严肃，但是在课下回答问题的时候会特别温柔，真的像换了一个人。我记得我高中问的第一个问题是向我的高一化学老师提的，因为那位老师刚大学毕业，而且在军训时我跟她聊得比较多，所以没有多少距离感，容易接触，我便问了一个问题，内容是什么忘记了，却从此给了我提问题的勇气，开始向更多的老师提更多的问题，通常问完后还聊几句别的，让我感到了一种莫名的亲切感。高中3年，我遇到了许多好老师，有的很严厉，有的很温柔，但我都会去提问题。我在回答的过程中偶尔会被训几句，原因是上课时没好好听，或者是我的想法完全不是高考的考试方向。有时候我很倔，坚持自己的方向不回头。看到老师生气了，我就会跟老师贫几句，缓解一下尴尬的气氛；问完问题，老师讲完之后，我会搞怪地说：'哇塞，这么神奇啊，老师你可是真聪明、真厉害啊！'老师也会附和着说：'是啊，不聪明、不厉害怎么会当你的老师呢。'在这种氛围下，我的脸皮不那么薄了，懂得了在衡中，老师永远不会批评你不懂，但会批评你不懂装懂。

"其二，衡中给了我一种敢于和老师'称兄道弟'的精神。几乎每个任课老师在我们班都有一个昵称。我们的班主任赵老师，由于名字里有一个'魁'字，我们男生会称他为'魁爷'，女生则叫他老赵，私下里还叫得很甜。这些名字里既包含着我们对班主任的亲近感，也有对一个在衡中奋斗了几十年的老教师的尊重。我记得最清楚的就是我们高三的物理老师李清华，他经常跟我们说的话是：'你真的没问题了吗？不问问题你会了吗？不问问题考砸了可别来找我。'他还是个段子手，整个年级都知道他很幽默，称他为'清华大哥'。没事的时候我跟同学闲聊，说咱们问问题时管他叫大哥，他会是什么反应。同学说，肯定让咱一边去，说谁是你大哥。后来有一次我真的这么做了，他瞥了我一眼后给我讲题，等他讲完，我还贫嘴说'谢谢大哥'。从那以后，班里一些比较活泼的同学也开始和他'称兄道弟'。面对不同的老师我会有不同的交往方法，对年长的老师是绝对尊重，对年轻的老师会找机会开个小玩笑，轻轻地'调侃'一下。有一次高三的英语老师'璇姐'穿了一件比较宽松的衣服，我去她办公室交作业时，看到四周无人，便悄悄对她说，'老师，同学们都说你今天穿的是孕妇装，想知道几个月了'，弄得老师哭笑不得。'魁爷''清华大哥''璇姐''娟姐'这些昵称，让我们感到他们就是我们的亲人，学校就是我们的家。

"其三，衡中教给我们一种绝不认怂的精神。在衡中这个高手云集的地方，你很难找到自己的位置，因为即使你再厉害，也永远有比你更厉害的人。有时候，你觉得你很努力了，但是总有比你更努力的人；你觉得你比原来优秀了，但是还会有比你更优秀的人；更可怕的是，会有比你更优秀但是还比你更努力的人。有时候，你觉得明明已经很努力了，但是，与别人的差距依然没有缩小。即使这样，我们依然不会畏惧，依然不会放弃。因为，你努力了，你们之间至少还会保持这种差距；如果你不努力，这种差距只会越来越大。我们不会因为自己跟别人的差距很大就感觉低人一等，相反，我们会很自信。正是这种差距，让我们的追逐变得更有意义。我们敢于在班级挑战上说出自己班的目标，我们敢于把竞争对手和自己的理想大学写在班级门口。也许这些梦想、这些口号不一定会实现，但是如果连喊口号的魄力都没有，那又何来勇气去实现它呢？

"也许在外人看来，衡中的制度过于严格，有很多人批评衡中军事化管理，事实却是越来越多的学校在借鉴衡中的管理模式。试问，如果衡中的管理模式不好，不被认可，为什么每年都有上千所中学来参观访问？为什么会有许多名人、大咖对衡中赞不绝口？为什么连中央领导都说衡中名不虚传？我个人认为'军事化管理'并不是贬义词。军事化管理顾名思义来源于军队。众所周知，一个国家军队的强大，其中重要的一条是严格的管理制度。我们的高中还处于青春期，也是一个绝佳的行为养成阶段，非常需要一个严格的管理制度来匡正我们的行为。实际上，衡中的管理只是让我们朝夕必争、分秒不放、高效率地利用时间。

师生和谐

生生友爱

"也许在外人看来,衡中是以牺牲睡眠时间取胜的,但2016届的高考文科状元袁嘉玮说,如果说衡中有什么不好的地方,那就是睡眠时间太多了。确实如此,相比于很多学校,衡中的睡眠时间的确很多,并且严格按照医学上人体生物钟来安排。袁嘉玮曾经去过四川的几所学校,发现那里的学生最早深夜12点才睡觉,经常熬夜到凌晨一两点,跟他们讲了衡中的情况后,他们很不甘心地说:'我们每天作业比你们多,睡得比你们晚,成绩还没你们好呢,凭什么?'是啊,凭什么,我想唯一的解释应该就是效率了吧。在衡中,我们并不是以牺牲休息时间为代价换取成绩的,当然付出时间也是必不可少的,可是过度剥削时间,反而会适得其反。换言之,我们不是要用所有的时间来学习,而是充分利用好学习的一切时间。"

他最后总结说:"现在回忆起来,在衡中,最辛苦的是老师。我们5点40分起床,这就意味着我们的班主任每天要5点起床甚至更早;我们每天下了晚自习后熄灯休息,老师查完寝室需要半小时的时间,回到家还要继续备课,忙到深夜。我们有高考的压力,老师又何尝不是呢?高考对我们学生来说是一个人的高考,对老师而言是所有人的高考。老师每天备课、讲课、研习、组题、辅导、看作业、分析数据、找学生谈话等已经成为家常便饭。每天的辅导时间,老师都会一对一地进行。为了确保我们做好题、精题,老师们自己从题海里筛选;为了出一套月考卷、一套作业,他们往往要从十套题中筛选。与其说是衡中的学生在刷题,莫不如说是老师在刷题,而且每一道题都有专门的老师负责,在每套题下发之前,每个老师都会做一遍,确保没有差错。此外,老师们会提前一个月列出下一个月的教学计划,精确到每天的授课内容。严格的规章制度,老师们尽心的付出,学生的刻苦学习,才有了衡中精神,才有了衡中举世瞩目的成就。"

他的发言诙谐幽默、议论深刻,既讲了趣闻逸事,又对3年的学习进行了思考,说出了衡中师生之间亲密无间的真挚感情,体现出衡中人特有的、特别的奋斗精神。

2005届的杜文琪，现在是武汉水电学院的教授、博士生导师。他在回忆母校时说："在外人眼中，衡中是艰苦、压力与紧张的代名词；在我看来，衡中的生活虽紧张而有序，虽忙碌却张弛有度。衡中，培养了我自强不息、奋斗不止的精神，衡中'追求卓越'的校训始终激励着我以昂扬的斗志、饱满的热情去迎接人生一个个挑战。我想，这是衡中给予我的最大的财富。如今，我也成了一名大学老师，也经常给我的学生分享衡中的故事。我跟他们讲，衡中不仅给了我知识，更帮助我养成了努力奋斗的习惯。衡中是一种精神，是给予学生高效自律、百折不挠、追求卓越的精神源泉。"

听着衡中校友们发自肺腑的滚烫语言和他们在各条战线上做出的骄人业绩，我想起了2019年秋天在清华园里和一位衡中毕业生的偶然相遇。那是一个夕阳映照着水木清华的傍晚，我在河北省省委原副秘书长王有河开设的学生就业辅导站里，看到了一个沉稳的小伙子，他叫郑翔瑜，衡中毕业后在山东大学读的本科，在人民大学读的硕士，当时正在清华大学马克思主义学院读博，是法学博士。我问他在清华有多少衡中的学生时，他说，衡中出来上名牌大学的多了，找他们不用去学生处查名单，只要清晨你看到在操场上、在景观大道上、在水畔跑步读书的人，把宿舍和课桌都整理得井井有条的人，基本就是衡中出来的学生。他认真地对我讲，离开母校已经近10年，淡去了太多的知识，褪去了太多的青涩，但当时的班主任郗会锁老师的一句话始终让他牢记心间——"一切都是最好的安排"。随着岁月的流逝、年龄的增长、阅历的丰富，这句话的含意逐渐深刻，尤其是在遭遇挫折、陷于困苦时更能体会到它对于自己精神鼓励的力量，让自己以一种超脱的姿态看待得失，以一种畅然的心态面对成败，不断积蓄绝地反击的力量。衡中带给自己的太多太多，除了知识，更多的是积极精神的洗礼和正确价值观的塑造。感谢母校，感恩恩师！

2021年1月7日下午，我在和他通电话时，他已经在河北省委办公厅信息中心上班。他说，今年是母校70周年大庆，自己一定来，重新汲取精神的力量。

第三章
绿叶对根的情意

2022年3月中旬，本书出版过程中，他已经在中办挂职了。他谦虚地说："在全国选了10名干部，我比较幸运，省里推荐了我。"机遇总是垂青有准备的人，正是衡中追求卓越的校训让他卓尔不群，一路向前。

衡中的音乐老师周志勇的学生2015年暑假结伴来看他，走遍了校园的每个角落，久久地望着曾经学习过的地方。看到学生们恋恋不舍离去的背影，周老师写出了《眷恋》。他在中国音乐学院学习的学生任萍萍每次回到故乡，看望母校，总是弹着吉他深情地唱这首歌："这是一片神奇的土地，幢幢高楼拔地而起。绿树红墙，寸草依依；小桥流水，峻石林立。这是充满激情的乐园，无数个希望在此点燃；这是令人神往的人才摇篮，无数个命运因你而改变；这是一个英明的壮举，功在千秋世代铭记。衡水湖畔，缔造传奇；老盐河旁，创造奇迹。你是我们眷恋的家园，无数次梦中回到你身边；你是我们依靠的宁静港湾，无论身在何处总把你惦念。"

惦念是刻骨铭心的。王文霞老师带过的228班是衡中首届实验班，该班毕业生、现在已经是西安交通大学博士生导师的郭靖在一个春天里回忆道："又是一年春来到，回想在衡中的日日夜夜，心中不免又漾起了层层涟漪……衡中的那些日子，不仅是我走向成功的阶梯，更是我人生中重要的一站。衡中在我心中已经远远不是一个地名、一所学校那么简单，它是一种精神，一种激励我继续前行的力量。衡中，我腾飞的地方，教会了我太多太多。衡中教会了我要有凌云之志。在这里，随处可见的文化布置无不在提醒着我要牢记自己的梦想。曾几何时，我初到衡中的时候，还是一个懵懵懂懂的少年，并不十分清楚自己的梦在哪里。当看到衡中外面一长溜文化墙上的光荣榜，看到那些名校学子灿烂的笑颜时，冥冥之中似乎有一个声音对我说：'相信自己，只要努力奋斗，你也可以做到。'世间没有脚走不完的路，没有人翻不过的山，于是，步入校门的那一刻，我的心中已然有了一粒梦的种子，在一点点萌芽、成长。进入衡中，时间永远是那么紧张，但我不得不承认，那些紧张而充实的日子，是我现在回忆起来都能感到幸福

根深扎沃土（长篇报告文学）
——这里是衡中

的。也正是得益于紧张的节奏，我没有时间迷茫，没有精力犹豫，心中那粒种子一天天变成了小树，又一天天将根扎向更深处。一次次的考试，让我时刻保持清醒，看清自己和梦想的差距，调整自己的心态。值得庆幸的是，即使考得不好的时候，我也从来没改变过对梦的执着。当年的名校梦，现在的人生梦，其实是相通的。人一旦没了梦，日子就会没有目标，一方面就会觉得'没意思、无聊'，另一方面日子匆匆如流水，不知不觉中就过去了。这样的人生，不是年轻的我们想要的。青春的画卷刚刚展开，我们怎能肆意挥霍时光？感谢衡中，教会了我怎样找到自己的梦想所在并一步步坚持着走向它。衡中，教会了我适应竞争。这里有很多优秀的同学，如果你不努力，就会有无数的人超越你。适度竞争对于我们每个人来说都是必需的。竞争使我们保持清醒与警觉，使我们有压力去面对，使我们精神抖擞地迎接每一天。从不懂竞争到适应竞争再到享受竞争，是每一个人生命中总要经历的过程，早点儿走过这个过程你就会抢占先机。如果总是回避竞争，不敢竞争，就是还没有长大的孩子，无法融入社会。不必批判高校的竞争，现实就是这样，没有理想中的乌托邦，残酷的社会竞争中优胜劣汰是永恒的法则。步入大学，离社会又进了一步，我更加清楚地认识到竞争无处不在。竞争是使人进步的加速器，也是一个社会不可或缺的助推器。既然无法回避，就只能让自己变得更强大，适应这个社会，适应竞争。感谢衡中，让我在高中时期感受到了竞争的激烈，让我现在以及将来面对社会竞争的时候不会害怕或者退缩。衡中，教会了我调整心态。很多人说，高考考的不仅是知识，更是心态。高中阶段，学会知识固然重要，但学会如何让自己的心理变得强大也是一门必修课。衡中大大小小的考试很多，成绩难免有起起伏伏的变化。怎样在成绩一落千丈的时候依然保持一颗清醒的心？这些，都是我们应该逐渐学会的。我不得不承认，在衡中我的心态的确日益强大，一次次的考试，就像在我的心外面筑上一层层的围墙，足以抵抗狂风暴雨。老班常说'静水流深'，的确，人总要学会安静，寻找内心的淡泊，守得住寂寞，才等得来成功。那些年，班主任的班会无疑是我一生的财富。走进衡中的时候，我的心还是那样稚嫩；走出衡中的时候，我已经学会了笑看风云。等待我们成长的未来，生活中无疑会出现各种各样的意外，喜怒哀乐之中，怎样找到自己心灵的平衡点，将来会是我们面临的又一挑战。人总要学会长大，长大是心智的成熟。在衡中的岁月里，我学会了长大，学会了在学海起伏中找到内心平衡点，学会了调整内心，学会了让自己变得成熟。感谢衡中，让我收获了一种新的生活方式的体验；感谢衡中，让我收获了一段何时回忆起来都能热泪盈眶的奋斗史，赐予了我一生的财富。虽然已经离开衡中多年，然而，午夜梦回，我还是常常回到那梦开始的地方。"

他的同班女同学，中国人民大学硕士毕业生，现任中国工商银行总行业务研发中心经理的张倩也回忆道："时间是个可怕的东西，突然发现升入高中已经是很久以前的事情了，特别是对自认为还很年轻的我。多年来，我好像做了许多事，经历了高中、高考，读了大学、念了研究生，然后工作，频繁地面临抉择，而且都是意义重大的抉择。我很少去回忆过去的事情，但我不能不想起衡中。衡中，我的母校，多年前我开始追梦的地方，很久没有再去探望的地方。奇怪的是，至今我依然可以清晰地记得那里的一草一木、每条小路、每个转角，还可以真切地感受到每次踏入衡中大门扑面而来的肃穆。我总觉得那扇门是有魔力甚至有点儿'恐怖'的，那里能够厘清我身体里的每一根闲杂的神经，肃清我每一丝想偷懒的念头——欢迎来到这个紧绷的世界。

"于我而言，从小，衡中就是一个符号。当我还不知道高考为何物的时候，它就是我的目标，似乎我所有的努力都只是为了离它更近一些。当我最终如愿以偿置身其中的时候，还来不及激动，就被现实冲撞得一片眩晕——我以为到了终点，却发现这是一个全新的开始。在那里奋斗了3年，我很怀念那段日子，每天只为了一件事忙碌，只为了一个目标生活，当时觉得枯燥，后来才体会到那是怎样的单纯美好。我珍惜那些在衡中磨砺出来的思考方式和行为习惯，那里培养了我好的心态、好的生活方式。大学里有位老师告诉我，大学的意义不在于教给大家什么样的知识,而在于培养大家如何去思考。我有幸在衡中就经历了这样的启蒙。

"从衡中开始,这一路上我学会了成长,学会了应对恐惧和彷徨,学会了如何去迎接更多的未知。再回头去看那些在衡中的日子,感谢我的老师和伙伴,感谢你们给予的支持和鼓励,感谢你们曾经参与那些对我意义重大的'开始',更感谢你们一路的陪伴和扶持,我会把在衡中这段最真切的日子在回忆里妥善安放,默默珍藏。"

第三章 绿叶对根的情意

衡中精神育新人

为什么衡中培育出了那么多的优秀人才？为什么有那么多的学生对母校那么深情？为什么有那么多的人对衡中那么向往？衡中成功的秘诀又在哪里？郗会锁校长告诉了我四个字，"精神立校"，培育终身学习的践行者、幸福生活的创造者、前沿问题的探究者、民族复兴的担当者。

他说，近年来，衡水中学一直备受社会关注，但是20多年前，我们也曾卑微弱小、硬件落后、生源严重外流，很多教师甚至只是专科毕业学历。我们是通过外部环境来改变自己，以精神立校，让孩子成人成才。

第一，落地的办学理念是培育精神的源头活水。办学理念关乎我们要办一所什么样的学校、怎样办好学校的深层次哲学思考，也是我们办学的指导纲领。基于此，我们提出了精神立校和又红又专的发展方向，并与时俱进地提出了系列办学理念。自20世纪90年代起，学校就提出并践行了五大发展理念，其中核心的理念是"学校应该是一个精神特区"。建设"精神特区"，就是要通过优化内部软环境提高教师的师德修养，并给学生以精神滋养。2018年，我们又以培养担当民族复兴大任的时代新人为着眼点，紧紧围绕"育新人"这一使命任务，提出了"大安全观、大德育观、大课程观、大考试观、大发展观"五大办学指南。其中，"大安全观"是前提和基础，"大德育观"是核心和根本，"大课程观"是载体和抓手，"大考试观"是途径和方法，"大发展观"是目标和结果。五大办学指南就是将个人所受教育和所处环境的方方面面进行叠加和融合，促进不同荣誉、层次、岗位的教育实施主体形成多项叠加、整体联动的良性循环互动大格局，最重要的是衡中的理念都是落地的，这也是衡中的特色。

第二，特色文化是培育精神的丰厚沃土。文化是一所学校的精气神，是一所学校的综合个性。学校文化更多的时候是隐性的，就仿佛一个能量"场"，教育就是打造这样一个让人潜移默化受到熏陶、感染的"场"。现在,不管是刚毕业还是从其他学校调来的教师,到了我校都变得敬业;不管什么性格的学生,到了我校都变得勤奋,这就是文化的力量,就是"场"的影响。文化才是学校持续发展的根本,这不是参考习题、学习制度能够解决的问题,而是需要扭转师生精神面貌,让他们有追求、有干劲儿,有成就感、归属感、自豪感。复制粘贴实现不了这样的目标,而是要全身心投入教育。

第三,扎实德育是培育精神的重要阵地。学校抓住了"德",就抓住了教育的根本,就能更好地提高教育质量,也会得到人民群众的认可。试想,当一个人有了德,热爱祖国、孝顺父母、尊敬老师、团结同学,能负责、敢担当,那他会不努力吗?当前,我们就在坚持"重过程、抓细节、强体验"德育原则基础上,提出了"无体育不衡中,无活动不衡中,无歌声不衡中"。其中,"无体育不衡中"就是培养学生良好的身体素质。我校每周至少有2节体育活动课,严格规定不许侵占;学生每天有2次跑操,不仅锻炼了身体,更是对凝聚力、争先意识、规则意识、公平意识的培养,锻炼身体的同时是被进一步丰富的德育内涵。"无活动不衡中"是用活动启迪智慧、提升素质、净化心灵。我们每年都会举办80里远足、18岁成人礼、校园心理剧大赛等70多项精品活动,并在活动中努力把成长舞台、体验过程、发展空间还给学生。例如,18岁成人礼已发展成为包括成人教育主题展览、成人宣誓仪式、成人宣誓主题班会等"十大环节"的品牌德育活动。

第四,有效教学是培育精神的主要渠道。课堂教学是学校的中心工作,课堂不仅承载着学习知识、激发兴趣、培养习惯等功能,更是促进学生增强信心、融合情感、启迪思维、开发潜能、道德熏陶的重要方式。培育精神,不仅仅靠理念、文化、活动,更重要的是抓住课堂。为此,要从教学内容出发,体现党和人民的心,了解编者的心,体会作者的心,融入教育者的心,陶冶学生的心,发挥教师在课堂教学中的表率作用,让课堂充满感染力。当前,在尊重教育规律的基础上,我们全面推出了"一课三备、两候、三情、四声、五实、六度"的好课体系。比如，"三情"，指对人、对事、对学科的热情，对工作的激情，对学生的温情。无论一节课设计得多么巧妙、完美，如果没有情感的交流，就一定不是最好的课。比如，"四声"（笑声、赞声、辩论声、疑问声）。如果一个学生能提出有价值的问题，说明他真正学了、思考了、动脑了，更重要的是，这样的课堂最有意义、更有价值。打造这样的课堂，也是激发学生新思维、培养新人才的重要举措。因此，课堂革命让核心素养真正落地，既让学生成了学习的主人，还让教师感受到了专业的成长，让"教"者乐教、"学"者乐学，教学相长，学学相长，教学质量的提升也自然水到渠成。

第五，精细管理是培育精神的有效抓手。凡天下大事，成于精，工于细。学校，既要讲道德，还要讲规则。为了对学生加强规则教育，让他们敬畏道德、敬畏法治、敬畏规则，我们积极推行精细管理，对学生内务整理、作息纪律、自习状态、文明素养等一日常规进行了严格规定。上课、自习、课间、就餐、午晚休等每个节点，学校都进行了精确安排，但制定这些制度并不是为了束缚学生，而是为了确保学生养成规范的良好习惯。比如，学生每天要保证8.5小时的睡眠，即使高考前夕也雷打不动；每天开展1小时阳光体育运动，使学生始终保持良好的精神状态；教学楼每一层楼道均安装"一开多温"饮水机，鼓励学生每天喝1升温开水；每天安排专人为每间学生宿舍和每间教室开窗通风、消毒等。这些常规要求，让学生真正学得、玩得、吃得、睡得都痛快，养成终身受益的好习惯，从而享受幸福教育，体验幸福成长。学校给孩子的绝不仅仅是一段吃苦岁月、一张红色毕业证书和一个升入大学的机会，更重要的是给了他们向真、向善、向美的精神风貌，关心集体、关爱他人的责任意识，严谨规范、快速高效的生活习惯。我们将其总结为"8+1"特质，即激情力、梦想力、吃苦力、抗压力、坚持力、专注力、凝聚力、自律力和一生受益的好习惯，这才是学生成才需要的，也是未来社会进步所需要的。

我在市委机关工作多年，在报社做过总编辑，在县里当过县委副书记，还在省政府待过一段时间,听汇报,写讲话,采访过大大小小的人物,参加过无数不同层次的会议,与高层领导打交道很多,但还是被眼前这位年仅46岁的中学校长平静的叙述迷住了。他的语言朴实无华,语调不疾不徐,节奏张弛有度,论点鲜明,论据充分,论述逻辑关系严密,不足2000字,道出了衡中成功发展的真谛——坚持德育第一,就有绿色升学率。学生进入衡中,就像青青的树苗天天享受着这个"精神特区"里环保、无污染的阳光雨露的哺育,枝叶繁茂地茁壮成长,最终成为国家的栋梁之材。

在回家的路上,我想起了在机关工作时老人事处长说的,"机关进人一定多要名牌大学毕业的,不光是他们的知识水平高,更重要的是他们有良好的作风素养和生活习惯,能很快地适应单位的规范和纪律"。

怪不得衡中有那么多校友在国家重要机关工作。

第四章　绿色的祝福

发现思想力，成就影响力。衡中的精神被衡中人带到了四面八方、天涯海角，也吸引了上自庙堂的高官要员、下至山野的平头百姓，很多人来这里视察、考察、参观、学习、探访。在这里，他们看到了衡中人如何把习近平总书记"办好人民满意的教育"的教导牢记心中，把社会主义核心价值观内化于心、外化于行，落实到各项举措中，与自己的职责完美结合，谱写出教书育人的精彩华章；他们看到了衡中人如何在正确思想的指导下、在喧嚣浮躁的世界里，保持了一份难得的淡定与宁静，在熙熙攘攘的名利场的包围中默默地无私奉献；他们看到了衡中人如何用自己的良知和博爱让学生度过青涩的少年时代，接续"人之初，性本善"的纯净，走入聚集正能量，为改变自己、家庭的命运，为祖国建功立业，青春如火的时代。

不管外面的世界多么浮华，走进衡中，就会感到一种夏日的清凉、一片冬日的暖阳，感到风轻云淡、和风顺畅，感到在这个纯净的世界里有一股向上、向善的力量在悄悄地浸润着你的心田。

他们都送来了绿色的祝福。

卓越广场

第四章
绿色的祝福

各级领导赞衡中

中共中央政治局委员、国务委员刘延东2012年来视察时说,衡水中学是一所办得非常好的学校,名不虚传。衡中在不断探索中提高教育教学质量的精神非常可贵。希望衡水中学进一步观察落实教育规划纲要,育人为本,德育为先,能力为重,全面发展;要把提高素质教育作为整个教育中的重中之重,为人才拔尖、创新人才培养、全面发展人才方面进一步探索创造经验。"衡中有一支非常好的教师队伍,100多位教师获得国家级、省级特等奖、一等奖,这是学校办好的最重要的依托,希望老师们进一步提高教学水平,做真的追求者、善的传播者、美的创造者和爱的奉献者。河北省现在正处在发展的关键时期,希望衡水中学把先进的办学理念和好的经验辐射全省,并支持一些薄弱学校发展建设。"

2011年,全国人大常委会原副委员长彭珮云欣然命笔,给衡中成立60周年题词:"改革创新追求卓越,为国家培养德才兼备的人才。"

也在2011年,衡中60周年校庆的时候,全国政协副主席、民盟中央第一副主席张梅颖在给衡中的贺信里说:"衡水中学始终恪守'追求卓越'的校训,全面落实党的教育方针,扎扎实实推进素质教育,顽强拼搏,奋勇开拓,创先争优,创新进取,营造了良好的教书育人环境,形成了独特的教育模式,为高校输送了一大批优秀学子,为国家培养了一大批创新人才,为社会和民族进步做出了重要贡献。希望衡水中学以60周年校庆为契机,认真总结办学经验,全面弘扬优良传统,进一步解放思想,开拓创新,为国家培养更多年轻有为的杰出青年,为全面建设小康社会做出新的更大贡献。"

2018年9月11日,全国政协副主席刘奇葆在衡中校园里说:"看到了与过去所听到的完全不一样的更加真实的衡中,了解了衡中的人才培养方式,尤其是衡水中学注重学生全面发展的教育理念,希望衡水中学能够越办越好,为国家培养更多的人才。"

在劳动中挥洒汗水

在活动时才情四溢

在赛场上释放激情

在玩耍时开心尽兴

在读书中增智博文

在学习时全力以赴

第四章
绿色的祝福

2019年11月8日，全国政协副主席高云龙来调研，看校园，看教室，看学生宿舍，一路兴致勃勃，不断点头称赞。听了郗会锁校长的汇报后，当场挥毫泼墨，写下了"有教无类合天道，不拘一格降人才"，并希望衡中能够为国家培养更多德、智、体、美、劳全面发展的优秀人才。

2019年2月21日，80多岁高龄的全国人大常委会原副委员长、中国关心下一代工作委员会主任顾秀莲视察了衡中后说："这里的学生不仅学习好，身体也很棒，学校整体办得很好。办学风气影响学生素质，良好的办学风气会让学生们拥有更强的集体荣誉感、更浓厚的学习氛围。要总结衡中先进的办学经验加以推广。"

团中央书记处书记徐晓来到这里说："我今天看完后给我的印象深刻，有一流的教学理念，有一流的教学设施，有一流的老师，关键还有一流而科学的管理。"

清华大学副校长袁驷说："衡中不光是有出色的高考成绩，在这背后，有它的人文精神在里面。"

河北省教育厅副厅长贾海明说："我为河北有衡中这样的学校感到高兴，我为河北有衡中这样的学校感到自豪。"

江苏省教育学会副会长叶水涛说："衡水中学是一个奇迹，是中国基础教育的奇迹。"

相对于以上领导的评价，河北省政府研究室副巡视员高岚华带着任务而来，调研了一天后得出的结论是："衡中是指南针，是挖掘机，是助推器，是磁力场，是开心果，在教育引导学生把握正确的努力方向的同时，充分挖掘了学生潜能，助力了学生成长。衡中模式可以归纳为5种教育方法，即时间效率法、教育服务法、环境熏陶法、精神胜利法、国家情怀法。这次调研的目的，就是要总结衡中教育模式，全面客观地认识衡中和了解衡中。

"衡中精神可以概括为五种精神，即艰苦奋斗、不屈不挠的精神，敢于斗争、敢于胜利的精神，甘于奉献、大爱无我的精神，激情澎湃、团结精进的精神，追求卓越、勇攀高峰的精神。衡中精神不仅在教育领域有指导意义，对其他行业也具有借鉴意义。希望衡中能够更多地站在国家、社会的角度，为国育才、为国选才，以大格局观、大世界观看待教育事业，为奋力夺取新时代中国特色社会主义新胜利贡献力量。"

专家学者看衡中

著名教育家陶继新数次到衡中考察，他说："衡中，我认为以后还会有更大的发展，也会有更大的超越。80里远足甚至称得上是一个壮举，因为整个中国几乎没有几所学校敢如此'胆大妄为'了。校长的责任仅仅是为学生的当下考虑吗？对其未来成长有利的事情，为什么不做呢？"

国务院参事、中央文史研究馆馆员、中国人民大学附属中学原校长刘彭芝说："衡水中学已经是全国非常优秀的学校，你们有很多好的精神和规则，不少学校把你们当成榜样，向你们学习。你们是优质资源，也有更大的责任，对地方基础教育应该起到帮扶作用。当前国内外改革的方向都是要发动学生自主学习、独立思考，创造条件使他们的个性释放得更好、创新能力发展得更好。希望你们不要满足于现状，下一步要有更高的要求，要思考怎么改革，迈向更远大的目标。"

尝试教育专家邱学华说："我对衡水中学的评价，一个是树立了高中课改的一面旗帜，另一句话是，衡水中学是国际教育的奇迹。"

《新闻联播》著名主持人康辉说："衡中这些年确实给高校输送了很多非常棒的人才。"正因为如此，每年衡水湖的荷花开始绽放的时候，高考前后的日子，许多大学的校长、教授、专家和招生人员都会频繁地来衡中，留下了他们对衡中的赞誉和祝福。

香港中文大学副校长朱世平教授说："衡水中学非常著名，在国内大家都知道，我在国外30多年，也经常听到衡水中学。我非常高兴来参加活动，亲眼看看，衡水中学的确是一所了不起的高中。"

南京大学招生办公室主任李浩说:"衡水中学这几年发展非常快。衡中不仅有追求卓越的理念,而且这个理念非常深入人心,最关键的是衡中还有追求卓越的措施和办法,而且这个办法执行得非常有力,这就是衡中创造今天辉煌的重要基础。"

南开大学河北招生组的杨琪老师说:"来到衡水中学后,给我的印象和头脑中原来的印象是有一些差别的。过来以后,我发现,衡中的教育其实是全方位的。素质化教育除了专业学习之外,学校还有非常丰富的学生社团活动,这些都非常有利于学生的全面发展,有利于学生走出衡中后迅速地适应大学、适应社会、适应未来的生活。正是因为有了衡中的教育理念、教育方式,衡中的很多学生到了南开以后,除了学习以外,在学生工作、社会实践、志愿服务等方面都有着不俗的表现。"

生命安全教育

第四章
绿色的祝福

18岁成人礼仪式

中国地质大学宋丽萍教授说:"我是第七次参加著名高校衡水中学校园行活动。我的感受是,衡中的校长、老师真的是在为了祖国的强盛而拼命地、敬业地培养这些孩子,他们非常不容易。衡中的学生真的是全面发展,不像外界传说的那样。他们的素质能力、为人处世等各方面都很不错,衡中也特别重视学生对人文素养、软实力的需求,并且非常重视这些方面的培养。衡中的学生到了大学以后,在各方面都表现得很优秀。要想评价衡中,就应该走进衡中、靠近衡中,才能真正地了解它、评价它。我希望社会各界都能给衡中更多的正面支持。"

哈尔滨工业大学河北招生组长贾岩老师说:"以前觉得衡水中学很神秘,也很向往,也听到过各种各样的说法。通过亲自来衡中参加活动,我感到非常震撼,感到校长很有魄力、很有风度。衡中的学生并不是那种传说中的死读书,他们不仅学习好,还有文艺、体育、各种竞赛等各方面的很多成果。衡中的学生到了哈工大以后,自我管理能力很强,很快适应了大学生活,各方面都表现很好。我希望衡中明天更美好,我也希望衡中在未来10年、15年出现牛人。"

南京师范大学的张新平教授引用了《论语·述而》中的"志于道,据于德,依于仁,游于艺"来评价衡水中学的成功。

各级政府主管教育的官员、大学的校长、专家、教授、学者对衡水中学的评价是客观的、中肯的、严谨的,他们在这片沃土上看到了蓬勃生长的人才,看到了"尊重知识,尊重人才"国策的落实,看到了"科技强国"的未来和希望。

第四章
绿色的祝福

任正非号召学衡中

衡中,这所在四线城市里崛起的学校,从2019年开始,受到了闻名海内外的华为总裁、被广大民众视为民族英雄的任正非的重视,他在不同场合对衡中进行了5次点赞。

他在接受央视《面对面》节目采访时说:"我们公司的战略预备队都在学习衡水中学的精神。他们改变不了教育制度,就要适应教育制度……我们公司也改变不了社会环境,改变不了世界,改变不了美国,我们就要向衡水中学学习,建立适应社会的方式,我们也跑步。战略预备队在华为大学学习,学员大多数是博士、硕士,至少受过高等教育,包括世界名校毕业的,在非洲等世界各国工作几年、做出杰出成绩的人员到华为大学受训,受训后再回去,让他们一层层自己走上来,他们都要向这些中学生学习,为这个国家的振兴而努力奋斗。"

他在接受知名财经作家叶檀采访时说:"我们公司为什么推崇衡水中学的教学?华为大学上课,要首先看衡水中学学生跑步,为什么?一个中学生能做到的,华为大学为什么做不到?"

他在CBG部门移交"千疮百孔的烂伊尔2飞机"战旗交接仪式上讲话时说:"要像衡水中学一样,我们改变不了外界环境,我们可以改变适应外部环境的胜利方式。"

他在签发总裁办一份文件中批示:"应对美国的制裁,我们最好的方式是做好自己的事情,我们应该学习衡水中学,我们改变不了环境,我们可以改变适应这种环境的胜利办法。"

他在接受北欧媒体采访时说:"我们华为大学在上课前经常播放衡水中学的早操视频,衡水中学是中国一个落后地区的中学。大家知道,中国的教育制度和教育方法是很难改变的,衡水中学也认为改变不了,但是他们改变了适应这种外部环境的胜利办法。我们向这所学校学习什么呢？我们也改变不了世界，改变不了外部环境，那么我们只能改变在这种环境中取得胜利的方法。我们学习衡水中学的是，不改变外部环境，在这个环境中能胜出。"

衡中跑操

据衡中校友会统计，衡中毕业的学生在华为集团工作的有700余人。

华为和衡中，一个在南海繁华的深圳，一个在北国经济欠发达地区的小城；一个是聚集了世界、中国顶尖人才做着世界互联网5G通信的大事业，在反华势力的围追堵截中抗争拼搏；一个是一个好校长带着一群好老师呕心沥血地培育着一批批孩子，默默地往知名高校输送着人才。他们在地域上、业务上没有任何关联性，但名震天下的华为的掌门人任正非发现了衡中，看到了衡中学生跑操的场面，这个老军人热血沸腾并提出了学习衡中。同时，衡中的校园里也竖起了"华为精神"宣传牌。在他们中间有一条红色的纽带，就是为了中华民族快速崛起、自强不息的奋斗精神，在他们的心底都跳动着一颗忠于祖国的赤诚的心。

衡中校友、清华女博士李明茜参与研发新冠疫苗并已获批上市

衡中校友曹俊越为2020年度全球唯一"青年科学家奖"特等奖获得者

学生家长说衡中

大人物对衡中的祝福与希望是高屋建瓴的，而老百姓对这所名校的祝福是实实在在的，甚至还有些打抱不平。

我在岗时的同事，后来也是在市委副秘书长位置上退休，现在依然还担任着衡水市老区建设促进会副会长的赵兴刚，听说我在写衡中，说："杨秘，我要为衡中写一段祝福的话。"很快，他发来一封电子邮件，题目是《有一种骄傲值得铭记》。

一所学校，一座城；一段人生，一生情。

衡中70年峥嵘岁月，传承着董子讲学、孔颖达论学、吴汝纶兴学的深厚文脉，诠释着追求卓越、臻于至善的办学理念，彰显着为民育才、为国选才的使命担当，厚植衡水大地，演绎崇德尚义，塑造光彩辉煌，让每位衡中学子、每个衡中人都有了深深的"衡中情怀"。

值得骄傲的是，我的儿子和女儿均在衡中受教，并以此为新的起点，走入大学校门，步入工作岗位，成为社会有用之人。特别是儿子赵阳幸遇恩师郗会锁任班主任，成为郗会锁老师膝下的门生而获益终身。衡中的回忆，不仅仅是规律的作息、忙碌的学习，更有老师的敬业、集体的荣誉，还有内在品质、习惯的养成。衡中的给予，不仅仅是知识的积累、高考的荣耀，更有做人的道理、前进的动力，还有适应时代、改变自我的魄力和勇气。这一切都融入每个衡中学子的血脉，成为人生中最宝贵的财富。

值得庆幸的是，因工作原因，我经常与衡中有联系，也曾受市委指派负责新校区建设的督导检查，领略过从无到有、7个月建成一座现代化新校园的"衡中速度"。置身其中，更能够深入地了解衡中、感知衡中，每次去都有新的体悟，

第四章
绿色的祝福

都会给我一种精神的力量。校领导、每位老师、每位学子,他们身上都有一种朝气蓬勃、昂扬向上、勇攀高峰的特有气质;整个学校紧张而有序,严谨而灵动,经久不衰,凸显了这片"精神特区"让人无比向往的强大吸引力。

值得欣慰的是,在新起点、新时代,衡中仍然处在可持续发展的轨道上,始终坚持"立德树人、全面优质、追求卓越、和谐发展"的办学方针,弘扬"争先、创新、忧患、精细、敬业、进取、担当、团队"的衡中精神,叫响"再创业",开创"新纪元",这是对衡中历史的尊重与铭记,是对衡中未来的负责与担当。

70年风雨兼程,70年岁月峥嵘,衡中旗帜高高飘扬,衡中精神历久弥新,衡中品质厚积薄发,衡中学子遍布天下,衡中未来更加辉煌。

作为衡水中学学生的家长,赵兴刚谈起衡中,除了感激和祝福,自然还带着几分荣耀和显摆。滏阳河风景区的南岸,有一个偌大的露天菜市场。一个阳光明媚的早晨,我去一个固定的菜摊买菜。菜摊的主人姓马,40多岁的车轴汉子,来自衡水湖畔的一个小村庄。那里水甜地肥,种出的黄瓜顶花带刺、脆甜可口,豆角又细又长,茄子黑亮。此时,他正在和旁边一位戴眼镜显然是有点儿文化的人聊天。他眉飞色舞地说:"我儿子今年考上衡中了,是俺们村上衡中的第六个。前两个已经毕业了,一个上的南开,一个上的山大,都是国家名校,出来后一定能找个好工作挣大钱。"戴眼镜的老先生说:"咱们衡水市管着12个县(市、区),相当于过去的州。考上衡中,就相当于是秀才了,要在往常年间,见了县太爷不但不下跪,还要赐个座的。"

孔颖达是衡水人,孔子的第三十一世孙,唐代初期的经学家,是被唐太宗钦点的十八学士之首。衡水人为了纪念这位先贤学士,在衡中以北5公里处修建了一座孔颖达公园。古老的桃城书院也建在那里,亭台楼阁,小桥流水,雅致幽静,经常有饱学之士和戏曲、音乐爱好者去那里吟诗作对、抚琴亮喉。我也时常

根深扎沃土（长篇报告文学）
——这里是衡中

去那里凑趣。

午后三四点，正是退休在家的老人们睡足了午觉、喝了两杯茶水精神健旺的时候，大家三三两两结伴出来去公园遛弯儿聊天。在孔颖达纪念馆前，一胖一瘦的两个老人聊兴正浓。胖老人说："你看到这纪念馆了吗，往南大致方向和衡中在一条子午线上，这是文脉连接着呢。"瘦老人说："说到衡中，那是咱们衡水的一颗星，而且是文曲星。我很佩服尊敬他们，但还是有点儿意见。我那表外孙，在那里上了3年学，高考时全省第一，理科状元。你说，要搁在过去，虽然比不上孔颖达老先生的殿试进士，怎么也得算个举人吧。戏文上范进中了举人，都有衙役敲锣打鼓来报喜、县太爷来挂匾呢，可现在愣是不让宣传。而且，整个学校的升学率都不让往外公开说。"胖老人说："是啊，世界上的行业多了，都有干得好和干得坏的标准。一个农民，地种得好，多打了粮食就是劳动模范；一个工人，干的活漂亮、做的东西结实耐用就是好师傅；一个科研工作者，研究出了新的科研成果、造福了社会就是杰出的科学家；一个医生，治好了疑难杂症就是好大夫；一所学校，培养出了好学生就是好学校。社会标准在这里明摆着呢。"

相对于闲散老人的议论，衡中学生家长志愿者——一位姓王的工程师对此另有一番看法。我在2020年11月20日上午专门采访了他。

他45岁，中等个头，有一双骨节粗大的手，两眼炯炯有神，河北建筑学院毕业，工作在中建八局，祖籍景县，家住桃城区，儿子在衡中高三就读。这位建筑工程师穿着学校配发的红马甲，备感光荣地说："能到衡中这样的名校做义工，天天能见到儿子，很开心。我是9月来的，主要是给学生宿舍楼道消毒、开窗通风，并帮着楼管员做一些辅助活，比如，学生宿舍的门打不开了、哪儿的水龙头坏了，就主动去修理。进了衡中，就感到进了一个场，整个学校精神饱满，老师在认真地教，学生在认真地学，看不到一个闲人、一个懒惰的人，每个角落里都是有秩序地忙碌着，感觉自己不干点儿什么就对不起时光，虚度年华。"

各地的尖子生凑在一起才会撞出火花，碰撞出更加优秀的思想，大家才能

第四章
绿色的祝福

更优秀。所以名人说，关键不是你在哪里，而是和谁在一起。衡中不是掐尖，而是尖子生主动往这儿跑。尖子生如果留在本地，很可能上一所普通的一本大学，来到衡中，就有可能进清华、上北大，成为名校毕业生，成为国家创新的科技人才。一所高中，往名校输送的人才越多，对国家的贡献就越大。科技是第一生产力，人才是科技的载体，名校是人才的加工地和生产地。

教育不是盖房子，多找一些工人，多上几台设备，加加班，很快就会盖起来。教育是一项长期的事业，不是一朝一夕就会好起来的。没有一定的文化积淀，没有多年来摸索创新出来的管理方法和水平，不可能一下变好。有的地方教育搞不好，学校办不好，学生都跑到好学校去上学，是符合达尔文学说的，物竞天择嘛。人往高处走，水往低处流，是自然规律。衡中不需要掐尖，而是尖子生为了自己的前途、未来自愿跑来的。

老百姓让孩子来这里上学为了什么？从小里说，是考上一所好大学，找到一份好工作，挣的工资多，改变自己和家庭的命运；从大里说，就是争取成为国家的栋梁之材。如果全国1/3的高中都像衡中教学质量这样高，学生都能考上"985""211"，整个民族的素质不就会提高一大块吗？

衡中人最大的特点，按老百姓的说法就是，知道自己是干啥吃的、责任是啥，明白家长拿着钱、抱着希望把孩子交给你是为了什么。老师们把这个道理给孩子们讲清了，让他们明白了自己这个年龄该干的事，就激发、点燃了学生内心的责任感。再加上衡中高超灵活、深入人心、科学的教育方法，让每个学生在这里学得好、吃得好、睡得好，参加体育锻炼身体好，考上好大学，衡中才成了众人向往的地方，符合了老百姓的意愿，这才是真正落实了"办好人民满意的教育"。

心里有梦,眼里有光

奋斗是青春最美的样子

第四章
绿色的祝福

党校校长论衡中

相对于那位建筑工程师一番实实在在的话，教育专业毕业，曾在县、市教育局和市委办工作多年，后来是衡水市委党校常务副校长的孟广竹对衡中的分析就比较透彻了。

那是2019年夏天的一个傍晚，晴空繁星下的滏阳河畔，人流如织，遛弯儿的人三个一群五个一伙。有人议论自己的家乡，赞美这座城市最亮丽的名片，自然说到了衡中。当有人说到外面对衡中也有非议时，平时少言寡语、善于思考的孟广竹发表了自己的看法，不妨摘录如下。

教育的目的是培养出优秀的学生。衡水中学的办学目的、方向都是正确的，特别是在信息化、全球化时代更具有前瞻性——优质资源的集聚效应。要想认识衡中，只有走进衡中。社会上的说三道四都带有个人偏好，甚至是个人私利。

一所优秀学校，不但是属于当地的，更是属于国家的，还是属于世界的，是人类文明的结晶。

客观地讲，人都是天生有惰性的，人的潜能是需要外在激发的。衡中形成的校园文化，能够有效激发学生潜能，形成"天行健，君子以自强不息"的学习场，这是很难得的，是衡中人历时近30年创造积累出来的，所以很多外地来衡中学习参观的人也想学衡中，但学好、学成的不多，因为他们没有学到衡中校园文化——整体内在的素养。

衡中，从管理者到教师到学生，形成了高度协同一致的价值理念，教学的目的、方向、方法、措施都是先进的，教与学的思想、观念、教风、学风以及其他各种要素也都达到了优化配置，因此，才有如此成就。

合唱

课间活动

体验高科技

歌唱祖国,助力马拉松

中华民族及中华民族传统文化之所以能走到今天、走向美好、走向辉煌，正是因为有无数历经磨难而不悔、忍辱负重、筚路蓝缕、披荆斩棘、奋斗不息的民族脊梁在支撑、在推动；而今天，仍然需要科学家、教育家、大国工匠、企业家、思想家等各条战线的英雄们，率领着我们走在实现民族复兴的伟大征程上。

先天素质是在娘胎里就存在的，即先天的智商与体能的差别化，后天的教育是平等的，是使不同智商和体能的人都有所提升。但是，这种提升不能根本改变先天差异。所以，都是在"有教无类"和"因材施教"二者之间辩证统一地进行，努力寻找一种平衡。

平衡的结果，是提升一个国家和民族的整体素质，推动人类社会文明的不断进步。

天生璞玉，后天雕琢。成器与否，由个人努力、环境（包括教育）造就。内因是变化的根据，外因是变化的条件。

中小学教育是为一个人的思想、文化和知识打基础的阶段，需要学习的基础知识量太大，所以学生学习很艰苦。所谓应试教育本身，就目前来说还是人才选拔制度中最公平、公正、合理的制度，除非普及大学教育，但即使普及了大学教育，应试教育也取消不了，因为大学的专业性教育，也是需要对学生意愿进行选择的，而选择的最好方式还是通过考试进行考查。就目前的中考、高考来看，表面考的是那十几道题，背后却是考查学生对各种基础知识的学习情况。可以说，应试本身就是素质教育的一部分，没有对基础知识的全面系统学习掌握和应变能力，没有优良的思想素养，肯定不会在应试中取得好成绩的。这一点，我们是过来人。

人生是一个完整过程，一般来说可以分为幼儿阶段、小学阶段、中学阶段、大学（包括研究生）阶段、工作阶段和退休阶段，只有每一个阶段都能健康成长，扎扎实实地做好自己，才是完美人生；只有在人生道路上不断努力攀登的人，才能达到光辉的顶点。古今中外，这样完美励志的人大有人在。所以，我们

第四章
绿色的祝福

不应该在每一个人生阶段偷懒、逃避，也不应指望在某个阶段做好就能让一生全好。不是说考上清华、北大就算好了，而是努力了、拼搏了就好，但考上清华、北大肯定是更优秀的。

不同天赋的人，应该实事求是地设计规划自己的人生目标。如果只能考上师范，就老老实实地准备做一个好教师，对于那些考上清华、北大的人，羡慕但不嫉妒，更不恨。如果真要恨，只恨自己天赋（记忆力、理解力、学习力等）不够、努力不够，错过了人生更高、更美的风景。

这些年，我们国家的计算机、航空航天、船舶、材料、医药化工、电子信息、生物工程、通信设备、铁路交通等各个领域，逐步实现了由学习、追赶到并跑，甚至在某些领域领跑世界科技发展的伟大飞跃。中国已经成为世界第二大经济体，有底气与美国打贸易战，引领世界发展。从根本上讲，这是我国自改革开放以来通过多种形式培养一大批优秀人才、实现技术领域自立自强的结果。许多年轻科学家成长起来了，挑起了某个行业的大梁，而清华、北大等重点大学毕业生做出的贡献更多、更大，其中包括衡中输送的大批优秀高中毕业生，这是摆在面前的事实，否定得了吗？有兴趣的人可以到衡中做做调查，看这些年有多少从衡中走出去的学生已经成为各行各业的骨干力量。人生的美好，是靠奋斗夺取的，绝不是优哉游哉、敲锣打鼓等来的。基于此，我认为衡中的做法，既是科学的，又是积极作为的。

从我的私人角度来说，衡中与我毫无关系。但作为衡水人，我由衷地为有衡中这样的学校而骄傲自豪，更由衷地敬佩那些为建设发展衡中而付出努力的教师，正是有了他们的辛勤劳动和巨大付出，才为国家培养了大批优秀人才，为衡水打造了一张亮丽的名片。作为生活于此的衡水人，我对衡中多少还是有些了解的，也专门写过包括衡中在内的中学教育长篇通讯。2007年9月6日，还有幸参加了衡中举办的第23个教师节联欢会，受到了震撼，切身感受到了衡中学生的优良素质。联欢会从方案设计、节目编排、舞台效果到主持人、演员的选定，都是由各年级学生完成的，演出的水准很高。演出结束后，我当场填《江城子》词一首，以表达观后感。面对这样的优秀学生，我无法说衡中不是素质教育，更无法否定衡中，否则，我对不起那些为衡中事业做出了巨大贡献的老师们，不能让他流汗流血（心血）再流泪（受委屈）。

有人说衡中到处抢优秀生源，破坏教育公平秩序，这种说法是不对的。衡中不是到处抢优秀生源，而是到处都有家长把孩子送到衡中来上学。送和抢，真的不是一回事。抢是抢不来的，只有送才能来。为什么送到衡水来？谁不愿自己的孩子到一所好学校、可信赖的学校上学呢？美国的麻省理工学院、哈佛大学，英国的剑桥大学，我国的清华、北大等世界著名的大学，吸引了世界学子趋之若鹜，怎么没人说到处抢生源、扰乱国际招生秩序呢？衡中也不是天生就优秀，今天的成绩是一代代衡中师生共同奋斗出来的。

还有人说衡中压榨了学生的大部分潜能，毕业生到大学就不那么突出了，比不了接受素质教育考上大学的学生。这样的判断成立吗？符合逻辑吗？智力开发是"榨油厂"吗？榨出油后剩下的难道是豆渣和芝麻酱？镰刀总磨不是越磨越快，难道是越磨越钝了吗？

还有人说，衡中到处掐尖，造成许多地方没法办学了，不公平。大家都在一个低水平上，是公平公正？别人突出了，对我是损害？知识不患寡而患不均吧？是无差别低水平好，还是有差别的高质量好？现在的大趋势是自由流动，激励先进，淘汰落后。资源优化，提高教育质量，才有公平公正可言。保护落后，维持低水平，不是真正意义上的公平公正。机会要靠自己抓住，而不是靠别人给予。

再进一步深入讨论所谓"素质教育"与"应试教育"。"应试教育"与"素质教育"是两个不同的概念。"素质教育"是教育的内容及其过程，而"应试教育"实际上是个不存在的错误概念，正确的表述是"应试"，而不是"应试教育"。"应试"是指在没有普及高中和大学教育的情况下，通过考试选拔优秀学生进入高中、大学继续深造的方式，是整个现代教育过程中的一个环节，是对一个人经过一个阶段（初中、高中）受教育所取得成果的检测，同时兼有选拔优秀人才的功能。所以，应试与素质教育是内在统一的，而不是两种对立的教育方式。毫无疑问，任何时代的教育都是素质教育，只不过这种素质教育的内涵和内容是动态的、发展的、变化的，甚至是为了适应社会政治、经济、文化发展需要不断调整的，而"应试"，也是十分必要的。无论是现在没有普及高中和大学教育的情况下，还是今后普及了高中和大学教育后，"应试"都是有其积极意义的，都是识人、选人、用人的最公平、公正、合理的方式。

素质教育，应该是具体的、实际的，而不应该是空洞的口号。一个人的素质就是在个人成长过程中形成的，其中学校教育具有重要作用。人的素质包括德、智、体、美、劳等各方面，在智能方面又包括政治、数理化、文学、艺术、技能等。作为个体的自然人，受时空局限，很难具备全面综合素质，样样都行是不可能的，只是有的人先天优质加后天勤奋，各方面素质全一些。所以说，一个人应该遵循自己的自然禀赋，努力发展自己的优势，成为某方面的优秀人才，而作为一个国家、一个民族，其国民素质、民族素质整体进行全面优化，这样的国家和民族才是有希望的，也是不断文明进步的。

所谓"素质教育"，绝不是听上去就能开出的美丽花朵，而是包含着"认真""刻苦""拼搏""磨炼""奋斗"等所有励志性词汇的具体、生动、丰富、艰难的实践过程。

不愧是培养领导干部的党校校长，孟广竹的一番宏论让大家豁然开朗。

月亮升起来了，大地一片光明。

第五章　根深扎沃土

在衡中北大门的西侧，有一个漂亮的正心湖，中间是古色古香的怡然亭，湖畔有几棵柳树，树干粗粗壮壮的，像几个大力士站在水边。在2月的春风里，柳条细长细长的，对着潋滟的水波梳理着它的秀发，柔软地飘散着，湖里的小鱼自由自在地游来游去。

怡然亭

第五章
根深扎沃土

从小在衡中长大、老资格的副校长王建勇告诉我，这几棵柳树怕有六七十年了，靠近滏阳河，水美地肥，枝繁叶茂，就像衡中一样，深深地扎根在沃土里。

知道这几棵老柳树的根底，见证衡中建校、不断发展壮大的衡中莘莘学子中，还有一位德高望重的老学长，他就是1958年入学的赫赫有名的冀衡集团董事长肖秋生，78岁仍掌舵冀衡集团，依然带领冀衡人创造着新的辉煌。他是全国劳动模范，河北省第九、第十、第十一、第十二届连续四届人大代表，国务院特殊津贴的获得者。

2021年4月8日，春和景明。在冀衡集团总部的2楼会议室里，他和1958年入学的33班、34班的老同学的聚会又开始了。看着都已接近耄耋之年的老同学们，他感慨万千，深情回忆了在衡中求学的岁月。自从1958年考入衡水中学，3年的时光让他收获了受用一生的财富。那年父亲的去世让他贫困的家庭雪上加霜，寒冬腊月在集体宿舍只有一床被子，是睡在左右的同学把自己的被子搭在了他身上，让一床被子变成了三床被子。同学的这种情谊让他温暖了一辈子，在以后的日子里，遇到同学有困难，他都无私地帮助。他对当时张新凯老师讲的《谁是最可爱的人》记忆犹新。志愿军趴冰卧雪，一把炒面一口雪，保家卫国不怕牺牲的精神时刻鼓舞着他去奋斗、去拼搏，无论是在滏阳河上吃着小米干饭拉纤，还是在车间里就着老咸菜啃着干粮搞技改、上项目，他都想着在学校学习过的课文，想着伟大的抗美援朝精神，心里唱着当年"我们走在大路上，意气风发斗志昂扬，共产党领导革命队伍，披荆斩棘奔向前方"的歌。正是凭着这股劲，1967年他从衡水第一化肥厂的工人做起，先后担任了班组长、车间主任、技改办主任、生产科长、副厂长、厂长。1987年，他以过人的胆识承包了濒临倒闭的衡水第二化肥厂，依靠自身的力量先后救活了磷肥厂、原料药厂、制药厂、冀衡农场等15家企业，使一家总资产不到300万元、累计亏损287万元的工厂发展成为拥有化肥、化工、医药三大支柱产业的科工贸一体化的大集团，成为世界第二、亚洲最大的消毒剂生产基地。2021年，集团实现销售收入42亿元，利润总额突破8亿元，纳税2.56亿元。十几年来，集团一直是衡水的纳税大户。

他们家与衡中有着老少四代的衡中缘。他老家在衡中旁边的南华街上。1951年，衡中筹建时需要征用衡水镇南华街200亩地。土地是农民赖以生存的主要生产资料，是命根子，许多人不同意，时任衡水县长也是衡中第一任校长的张泽民亲自给大家做工作。肖秋生的父亲肖老先生说："从前是共产党给咱们分了地，让咱们有地种、有粮吃，咱翻身不忘党的恩情。现在党让咱们让出土地办学堂，为后代子孙念书出人才，是利国利民的天大的好事。国家有需要咱不能说二话，要全力支持办学。"一席话说得乡亲们开了窍，他更是一马当先，爽快地让出了7.5亩良田，把12座祖坟迁到了自家别的地里。张县长在全县三级干部会上表扬了肖家的大义之举。20世纪70年代，衡中拓展校园向南建设，他家将祖坟做了第二次迁移。2019年，衡中西扩，他们一家又拆迁了祖辈五代传承下来的宅基地，第三次支持了衡中的发展大业。

肖秋生老父亲深明大义支持了衡中；肖秋生上了衡中；肖家的第三代肖秋生的儿子肖辉1988年考入了衡中、女儿肖鸾1990年考入了衡中；肖家的第四代肖瑞从衡中210班毕业。与衡中有着不解之缘的肖家几代衡中毕业生带着追求卓越的校训，努力拼搏，成就满满：肖秋生的儿子从天津大学工业工程管理专业硕士毕业后子承父业，担任了冀衡集团副董事长、药业公司董事长兼总经理，在企业里大显身手，很快成为衡水市劳模、河北省优秀青年创业者，连续被选为省第十二、第十三届人大代表；女儿从大连海事大学海关专业硕士研究生毕业后考取了深圳海关，成为一名中层干部，2021年被授予"深圳市巾帼英雄"荣誉称号；孙子到中国地质大学地热专业深造，学成后归来担任衡水联兴热力公司总工程师，致力于节能减排事业。

回忆往事，看着后辈的成才和蓬勃发展的事业，肖秋生不无激动地说："我们家历史上虽然支持了衡中，但衡中成就了我们家几代人，衡中是办在老百姓心坎上的学校，衡中对我们的恩情比山高、比水长。"

南门口老街上，老工友衡水土著又在拿着老式录放机听老歌，里面传出刀郎的声音："喜马拉雅山再高也有顶哎，雅鲁藏布江再长也有源哎……"

是啊，衡中精神的源头在哪里？我思索着……

一、来自中国共产党思想路线的宝典

众所周知，我们党在长期的革命斗争中有3件克敌制胜的法宝，形成了三大优良作风，这就是理论联系实际、密切联系群众与批评和自我批评。这些，衡中的历届领导班子都继承下来了，尤其是在密切联系群众上做得突出。老家在冀州的58岁王洪旺老师座谈的时候，对1993年的那个秋天一直不能忘怀。

当时他正在备课，有人送信说他老母亲病了，要到大医院做检查，他赶紧去请假，正碰上李金池校长要上车去开会。李校长听了情况后说："你老家离这里90多里地，骑自行车何时能到？坐这车去吧。"随即接过他手里的自行车骑着去开会了。那个年代，一个县都没几辆小车，有时副县长都坐不上，乡里的书记、乡长到村里去还得骑摩托或坐小卡车，普通的衡中老师却坐着小车回到了冀州南部偏僻的东高庄，让一辈子很少见到小汽车的老母亲坐着到衡水，一下子轰动了全村。

王老师告诉我，那时学校就一辆小车，老师们谁家有事，李校长都会亲自派车，连司机都对他们说："这辆车净给你们老师们坐了。"那个时候，评优秀教师、劳模，一切荣誉都归一线的老师，校领导一点儿也不要。校长说，一切领导都是为教师服务的，谁当了官对老师有架子，马上就地免职。

在衡中采访的日子，我多次到各校长办公室座谈，他们的门永远是开着的，老师们有事进门就说，校长们起身迎送，没有我待过的机关见领导需要预约、秘书挡驾还要在接待室排队等候的规矩。衡中大多数校长都在班级任课，大多数时间都站在讲台上。副校长王文霞老师就担任着高一的语文课教学工作。在我参加的一次研课会上，她和其他老师一样，认真地听着班主任老师的工作安排，戴着老花镜做着记录。

教师是学校的第一生产力,历任校长都把关心他们的生活放在了第一位。2020年1月,本应是衡中王勇、时红艳两位老师新婚大喜的日子,受新冠肺炎疫情影响,他们把婚礼推迟了一年。到了2021年1月,婚期临近,河北省出现部分聚集性疫情,学校封校,双方老人望眼欲穿。学校知道这一情况后,校长郗会锁要求校工会把这一喜事办好,办出衡中人的精彩。大家忙乎起来,腾出了一间教工宿舍,提前一晚为他们布置了婚房,红床单铺在了大床上,气球在半空飘扬,大红喜字贴在了墙上,温馨、幸福的氛围环绕着一对新人。婚礼当天,副校长王文霞送上了美好的祝福,把衡中70周年校庆吉祥物"衡衡""中中"摆到了床头。校长郗会锁通过视频连线向王勇老师远在四川的父母表达了衷心的祝贺,并向两位老师祝福。其间,副校长康新江、梁辉上前道贺。两位新人通过手机视频与家人连线,分享学校的关怀,对着镜头拜谢双亲。

在这幸福的时刻,王勇老师由衷地说:"本想再次拖延婚礼,没想到学校给了我们这么大的惊喜。我们虽然没能在老家办婚礼,校领导却给了我们无微不至的关心,让我们感受到了家一样的温暖、父母一样的关爱。感恩衡中,感谢大家!我们一定全身心投入工作中,为学校的发展贡献一份力量!"

伟大出于平凡。只要领导时刻把群众的冷暖挂在心上,一种精神就会慢慢滋生,传承下去,发展壮大。

二、来自这片土地上红色文化的熏陶

衡水是革命老区,早在1923年,这里的安平县就诞生了中国共产党第一个农村党支部;抗战期间,这里是八路军冀中军区司令部,贺龙元帅、吕正操将军带着不愿做奴隶的人们与敌人展开了殊死的搏斗,气贯长虹;新中国成立初期,王玉坤、耿长锁两位全国劳模带着翻身的农民向贫困宣战、向大地要粮,受到了毛主席的接见和鼓励;新时期又涌现出了林秀贞、王文忠等被党中央、习近平总书记表彰的全国道德楷模。每逢"七一"党的生日,衡中党委一班人都要带着新党员到第一个农村党支部旧址去宣誓，带着老党员在那里重温入党誓词；清明节时，学校组织师生到烈士陵园扫墓，缅怀革命先烈；平时，经常邀请老英雄、老模范来校上思政课。革命前辈"生命不息，战斗不止"的精神感染、鼓励着一代又一代衡中人，使他们在将近30年崛起的奋斗史上始终保持了革命战争时期那么一股劲，一种"不到长城非好汉"的壮志和激情实干的行动。前年的一次80里远足中，50多岁的王文霞老师和学生一起出征，回来时腿沉脚痛，每一步都竭尽全力，却坚持不上收容车。她默念着毛主席"红军不怕远征难"的名篇，走进了校门，跨上了台阶，迈进了教室，要求大家写一句体会最深的话，自己率先在黑板上写下了"路要靠自己一步一步走下来"，学生们沉思后齐声欢呼。

无独有偶，信金焕老师的一篇日记感动了许多人。她写道："2021年1月22日凌晨，备战2021高考的普通一天，像往常一样，我5点40分奔向操场，等候学生们的到来。第一个到的是爱悦，然后是季琛、斯骋，艺昕也来了。此时，操场上不时响起'我要上北大''我要上清华''我要上人大''某某加油'的声音。一个女生的声音格外有穿透力，响彻了黎明的天空。今天操前动员的是835班的蔡同凯同学，他向全体同学发起了'明天小高考——八省联考'的动员令，振奋昂扬，没想到他最后跟了一句'请各班班主任接过班旗，领跑早操'，我愣了一下，班里也顿时'啊'声一片。这个要求对我来说太突然了，我能举着班旗领着同学们跑完800米吗？我怀疑，班里的同学们也在怀疑。平时跟操一圈跑下来，我就已经累得气喘吁吁了。一直举着班旗的吕斯骋说：'老师，还是我来吧。'我说：'我试试吧。'许多同学也说：'老师你能行吗？'我没有说话，开始了领跑早操的征程。年近50岁已经因身体原因两年不再担任班主任的我，应工作需要，在距离2021高考176天的时候再次出山，但因体力不支、病痛的折磨让我有了前所未有的力不从心。和平时一样，跑到第一圈2/3的时候，我开始感觉累。往常这个时候，我都会给自己提一下劲儿，尽量一圈跑完。今天，我举着班旗艰难地领跑，能听到身后体育委员提醒大家调整步伐的声音，能用余光扫到班级队伍最前排同学的身影。跑过一圈的时候,吕斯骋再次跟上来,要把班旗接过去,我没有同意,继续往前跑,每迈出一步,都几乎耗尽了全身的力气。突然,有一种特别异样的感觉,直觉告诉我,又来例假了。从去年开始,更年期的症状开始显现——例假不正常,要么40多天来一次,要么刚结束又来了,这次16日刚结束。突然一种悲壮的感觉涌上心头——为什么这么拼?到底值得不值得?但无论值不值得,我知道,我的身后跟着一批刚刚在期末考试不太理想的孩子,一群还不知什么叫'有一种生活叫高考'的孩子,一群把目光和心跳都放在我身上的孩子。终于两圈800米早操结束了,把班旗交还给吕斯骋的时候,我不仅双腿无力,胸口也隐隐作痛。我不敢马上停下来,挪着步子,慢慢走向教学楼。到教室的时候,孩子们已经开始晨读了。我在黑板上写下了一句话:'因为责任,用生命也得奔跑。'"

班主任陪伴早操

第五章
根深扎沃土

邓小平同志讲"发展才是硬道理",衡中人为了事业的拓展,表现出了特别能战斗的风骨。随着国产航母的诞生,要在重点高中里面培养选拔一批海军航空兵舰载机飞行员。衡中人想到,航母是国防力量的硬核,是我国海军走向深蓝逐渐强大的标志,衡中一定要为此做出贡献。经过几上几下的申办,项目逐渐有了眉目和希望。

2016年12月30日下午,一直负责此项目的王建勇副校长突然生病住院。为打通最后一公里,2017年1月6日赶到重庆十一中参加海军招飞办组织的青少年航校研讨会的任务,落到了正在援藏回家休假的时任副校长的郗会锁和老师王海燕身上。5日早晨6点30分,大雾弥漫。6点50分,王海燕老师接到郗会锁副校长的电话,问石家庄机场几点的飞机。她说下午2点,雾大开车去机场不安全,可以坐火车。郗会锁说"我看了,得坐上午8点的火车",于是他们约定车站见面。王海燕出了小区,打车、订票一气呵成。两人碰面取票后,离开车还有十来分钟。一溜小跑进站,上车刚坐下,车就开动了。王海燕拿出了一沓文件给了郗会锁,趁他看文件的时候订了石家庄北站到机场的高铁票。如果顺利,14分钟后便可到正定机场,但又怕雾天误事,王海燕给石家庄的一个朋友打了电话,让对方来车接一下。

在省会下了火车,朋友的车也到了,上车往机场赶,谁知半路上出了交通事故,两人只得又回到了火车站。刚到检票口,去机场的高铁已经开走,再等下一趟就会误机,两人打车直奔机场。察觉到肚子饿的时候,时间已经过了中午,两人赶紧找了一家小店狼吞虎咽地把一盘饺子吃完,往候机厅走的时候,广播却通知说,因雾大飞往重庆的航班取消了。

折腾了大半天,只走出衡水不到200里,离重庆还有几千里之遥。咋办?性急的王海燕说:"干脆咱们去北京坐飞机吧!"郗会锁睿智地说:"不可,石家庄和北京同属平原地区,可能都有雾,不如到太原找飞机。"又是一路狂奔,回到高铁站坐上了去太原的火车。两人商量订飞机票时,郗会锁说订到成都的机票,当晚到，第二天一早乘高铁赶到重庆。看到她疑惑的目光，郗会锁继续说，太原到重庆都是头等舱，只有到成都有经济舱。至此，王海燕佩服至极。

到了太原，夜幕降临，饥肠辘辘，在机场吃了一碗面条，两人登机奔向成都。晚上12点到的双流机场，到酒店已经凌晨1点多了。早晨6点，两人又是一路狂奔，终于坐上了开往重庆的高铁；一个半小时后，跑进了十一中，进了会场，国歌正在奏响，会议开始。不到24小时，奔波了三省四市。辗转数千里的郗会锁和王海燕不顾一身疲惫，清晰地介绍了衡中的情况，得到了海军首长的认可。海航班在衡水这座内陆小城诞生扎根了，开始入学47人，后来好中选优，淘汰至29人，毕业时有20人考上了海军航空大学，1人以全国海航最高分数被录取为清华大学"双学籍"飞行学员，2人获大连舰艇学院"双学籍"资格，其余也都进入了军队院校和民航学校。衡中被河北省教育考试院、海军招收飞行员工作办公室授予2020年海军招飞优质生源学校，为祖国的航母插上翅膀贡献了自己的力量，王海燕老师也获得了2020年度海军招飞先进教师的荣誉称号。

逐梦深蓝海航班

在采访王海燕老师时，她说，当年红军长征飞夺泸定桥，一天一夜走了240里，我们奔波了三省四市4000多里。在"一波九折"的途中，郗校长总是那么沉着、冷静、睿智，做出的决策总是那么正确。

2019年4月30日，习近平总书记在纪念"五四运动"100周年大会上指出，在实现中华民族伟大复兴的新征程上，必然会有艰巨繁重的任务，必然会有艰难险阻甚至惊涛骇浪，特别需要我们发扬艰苦奋斗精神。奋斗不只是响亮的口号，而是要在做好每一件小事、完成每一项任务、履行每一项职责中见精神。奋斗的道路不会一帆风顺，往往荆棘丛生、充满坎坷。强者，总是从挫折中不断奋起、永不气馁。

郗会锁担任衡中党委书记、校长之后，常讲的一句话是"无奋斗不青春"。"奋斗"和"奉献"，是每个衡中人的座右铭。

三、来自团结协作、攻坚克难、和谐共生的理念

我们的社会主义体制最大的优势就是集中力量办大事。无论是当年的大庆油田会战、红旗渠的修建、抗洪、抗震、抗疫，还是北斗导航系统的开发、"神舟""嫦娥"上天，都体现出了中华民族强大的凝聚力。衡中一直遵循着这一理念，进了衡中门，就是一家人。在这里，没有文人相轻的恶习，也没有知识分子的自傲和狭隘，有的是相互敞开心扉、互帮互学的良好风气。衡中有师傅带徒弟的规定，每个青年教师入职，都由一个老教师带两年。来自海滨城市秦皇岛的杨柳永远忘不了报到的第一天——行李还未到，她的师傅张文博老师就给她准备好了生活用品。吉林师大毕业的何老师说，她和她的师傅赵丽颖老师是两年的师徒、一辈子的朋友。在初来的两年里，赵老师日夜带着自己，毫无保留地把几十年的经验传授给自己。有一年上高三的数学课，在解一道题时，4个老师帮她找学生最好理解的讲解方式，老教师关勇慷慨地拿出了自己的教案。现任教育处主任的贾拴柱回忆说，2007年一入职，就被这里亲密无间的氛围所感染，他的师傅、老教师刘春雨手把手地帮他写教案，设计板书；初次登台讲课时，他和学生讨论

一个哲学问题时卡壳了，刘老师马上上前救场。市里每年都举行讲课竞赛，不管谁去参加，同科的老师都帮他一起备课，共享课件，让其一遍一遍地试讲，并提出修改意见，磨出精彩。互帮互助的结果是每年市里这项活动的奖牌一多半都花落衡中。教师发展中心副主任代忖说："就衡中的教学力量来看，从毕业院校到单科能力，比起北京的名校以及二三线城市的重点高中来，都差得很多，但是，群体对群体，我们绝对获胜，主要是衡中的团队意识强。"副校长郭春雨说："衡中的核心竞争力是团队精神，这种集体主义精神来自毛泽东时代的教育，来自建立'精神特区'的坚持、培养出来的共同信仰、建立起来的深厚感情，像石榴籽一样，紧紧地抱在一起，永不分离；像拔河一样，心往一处想，劲往一处使。每个人都是一个磁场，吸引着他人，也被他人所吸引。"

2021年2月7日，习近平总书记在给河北省平山县西柏坡镇北庄村全体党员的回信中说："78年前，《团结就是力量》从你们那里唱响，成了亿万人民广为传唱的一首革命歌曲。""团结就是力量，这力量是铁，这力量是钢。中国共产党百年史是一部团结带领人民为美好生活共同奋斗的历史，西柏坡的干部群众对此体会更深。"

衡中人体会也很深，他们在认真实践着领袖这一指示。

四、来自强烈的忧患意识和永不满足的对卓越的追寻

从1992年到2021年，经过近29年的努力奋斗，衡中从一所在衡水地区都排不上号的学校，成了名震华夏的名牌中学，里面的辛苦不言自明，更璀璨的是他们的理想、目标和追求。老校长李金池定下了"追求卓越"的校训，他们的目标不是最好而是更好，衡中不是攀登高峰的学校而是塑造高峰的学校。现任校长郗会锁也多次谈到，自己是站在巨人肩膀上，高处不胜寒，如履薄冰，虽然不能像先贤那样"一日三省吾身"，但每天晚上都要把自己白天所做的一切"过一遍电影"，对照党和人民的要求，对照老校长的治学经验，对照飞速发展的新形势，看哪些做错了，哪些做对了，哪些还需要进一步完美，哪些还是老一套，哪些有

所创新，明天应该怎么办。他在浏览网页和外出开会、交流业务时，非常注意搜寻和发现兄弟学校教书育人的闪光点、先进经验和新的方法。郗校长平时经常对老师们讲，我们不仅要逢冠必争、逢一必夺，还要逢先进必学，要牢记"谦虚使人进步，骄傲使人落后"，要看到好学校里也有缺点、差学校里也有优点。学校每年除了请上百名名师讲课培训外，还派几百名老师外出学习。高一一部的教学主任杨柳告诉我，衡中虽然是国家名校，但每年都外出向同行学习，发现每所学校都有自己的特点，有比自己强的地方。这几年他和同伴们先后到了山东二中、石家庄精英中学等，发现山东二中的开放式教学效果很好、精英中学研究历届高考题精细，都学回来加以致用。英语老师王春玲外出学习时，发现了兄弟学校的英语配音教育法，立刻感到了本领恐慌。她说，要保住名校的牌子，就要时刻有危机意识，一刻也不停地去学习。

王文霞副校长说，追求卓越不是空话，是实实在在的行动，是绞尽脑汁的琢磨，是与时代精神合拍的创造，是一种永不停歇的奋斗。衡中每年的活动很多，校领导要求同样的工作要有新花样，干着今年，想着明年，谋划后年。平时各部门汇报工作，只要没有新创意，领导就不让说了。2020年9月29日的运动会上，张立杰老师带着他的学生搞了武术表演团体操，把《少年中国说》一句一个动作表达出来，赢得了一致好评，是一大创新。20多年来，衡中就是这样，事事新，日日新，月月新，年年新，这些新叠加起来，就是对卓越的追求。

老资格的副校长康新江说，衡中精神贵在追求，卓越的重点也是追求。衡中人始终有一股劲在催着自己，要做最好的自己，每年、每月、每天都要有新的进步。有人追求到一定程度就停下来了，衡中人不是这样，永不满足，追求最好的自我。自我超越，不是为了超越别人，而是超越自己，但在客观上就超越了别人。

有忧患意识在先，衡中人的创新永远在路上，他们把对创新的追求落实到了每一项工作、每一个活动的细节上，变成了大家自觉的行动，形成了一种根本的文化。

他们对卓越的追寻，只有起点，没有终点。

运动会开幕式上团体操表演（一）

运动会开幕式上团体操表演（二）

五、来自"老西藏"和大漠戈壁的胡杨、马兰精神的激励

在衡中现任的6位校长中,有3位有援疆援藏的经历,其中,校长郗会锁两度出征,一次援疆、一次援藏,副校长梁辉和郭春雨也曾把汗水洒在遥远的土地上。他们把内地人民对少数民族的关怀、衡中的教育理念献给了当地的学校,也从雪域高原、天山脚下带回了"特别能吃苦、特别能战斗、特别能忍耐、特别能团结、特别能奉献"的老西藏精神和"扎根、奉献"的胡杨、马兰精神,激励着衡中人的责任担当、激情实干和心无杂念的奉献。郗会锁校长有两首小诗一直在衡中师生中传诵,一首是他初到西藏阿里赴任教体局副局长时的感怀:"春雪润阿里,人爽气更清。燕赵有风骨,雪域洒赤诚。皆谓高原苦,苦多情谊浓。支边为教育,援藏促民生。"另一首是他去某所学校检查工作时掉入水中后回来写的:"跋山涉水行,不慎落河中。冰冷寒彻骨,幸有炉火烘。稍干忙入校,进室把课听。谦谦好学处,暖暖育人风。"副校长郭春雨谈到在新疆巴州3年的经历时说,在那里,看到了在干旱大漠2000年不倒、不朽的胡杨和我国"两弹"军事科研基地旁的马兰花,想着一大批核试验科学家"干惊天动地事,做隐姓埋名人"的感人事迹,心中就想着一句话,"扎根人民群众之中,专业,奉献"。郗会锁校长也说:"世界上最纯净的空气在青藏高原,比那里的空气更纯洁的心灵是当年解放、建设西藏的解放军官兵和大批的援藏干部,他们心中只有4个字:'奋斗,奉献'。我们要为建设百年名校而奋斗,为国家育才无私奉献。"

在衡中这个精神特区里,我看到了太多的奉献。在衡中校园里,许多备课室的灯光亮到深夜,许多教师批改作业一直到夜里,困了趴在桌子上打个盹,又继续拿起手中的笔。在他们心中没有上下班的概念,只有学生们生活、学习的需要,只有对教书育人责任的担当与奉献。有的老教师甚至忘记了自己曾经有过的奉献。前年,王洪旺老师接到大洋彼岸一所名校一个女教授的来信:"敬爱的王老师,20多年了,您可能不记得我了吧,可我永远记得您带我上医院的情景……"他摸着花白的头发想了半天,想起了那个叫李芳的小女生,来自离衡水比较远的城市，夏天小腿被蚊子叮了，感染溃烂。为了不让家里人担心，也为了不耽误其学习，王老师骑着摩托车带她到市二院门诊做了局部麻醉剜肉手术。隔一天换一次药，一连十来天，都是王老师骑车或打车带她去的。当我赞美王老师的奉献行为时，他说："什么奉献，这都是习惯。我们这里的老师都这样，拿出工资给困难学生买饭，资助家境贫寒的学生上大学，这种事多了。"

把奉献变成了习惯，这是一种何等的优秀。前几年一个著名的社会学家说，在一个社会里，法官、医生、教师应该是最讲良知的，如果这些地方的人灵魂被污染了，国家和民族就没希望了。无疑，我在衡中寻访时看到了希望，这希望在衡中走出的成千上万名的学子里，在衡中的精神发扬光大里。

一条大河，只有源源不断地注入新的水源，才能浪花翻涌，奔腾向前。衡中，每时每刻都在汲取着中国共产党人创造的伟大精神，每日大步迈进新天地。

天上的彩虹云连云，地上的大树根连根。

在久远的历史上，衡水是黄河故道，是九河环绕之地，衡水湖是大禹治水留下的痕迹。人们逐水草而居，辛勤耕耘，沃野千里，林茂粮丰。孔老夫子学说所到之处，学堂、书院鳞次栉比，书声琅琅，文脉深厚；汉代大儒董仲舒从景州广川郡出发，溯滏阳河西上长安，曾在桃城书院与当地学者谈经论道；唐代边塞诗人高适曾在这里写下了"结束浮云骏，翩翩出从戎。且凭天子怒，复倚将军雄"的《塞下曲》；孔颖达从这里走出，登进士第，被皇帝封为十八学士之首；同样是进士及第，官至岭南节度使，老家是衡水安平人的崔护写了"去年今日此门中，人面桃花相映红。人面不知何处去，桃花依旧笑春风"的名篇。衡水湖畔，流传着孙敬"头悬梁，锥刺股"的读书故事。近代，20世纪初叶，国民政府在衡水湖的南岸，建起了直隶省第六师范；在共产党秘密支部的领导下，走出了原全国政协秘书长齐燕铭、原国家外交部副部长张海峰、教育部副部长臧伯平、河北省副省长王东宁等40多位省部级领导干部和大批学者、作家；1951年，衡中创建之初，许多教师也来自那里，其中党的十九大代表、现任副校长王文霞也曾在那所古老而著名的学校里就读过。

滏阳河水连九河，水脉连着文脉，生活在滏阳河畔的衡中人胸怀在蓝天，根深扎沃土。

又是一年春草绿，桃花流水柳如烟，明媚的春光驱走了新冠肺炎的阴霾，衡中春季开学了。看着满园朝气蓬勃的学子，我久久地凝视着求真馆墙上的两段习近平总书记的话语——

"教师重要，就在于教师的工作是塑造灵魂、塑造生命、塑造人的工作。一个人遇到好老师是人生的幸运，一个学校拥有好老师是学校的光荣，一个民族源源不断涌现出一批又一批好老师则是民族的希望。"

"珍惜美好时光，砥砺品德，陶冶情操，刻苦学习，全面发展，掌握真才实学，努力成为建设伟大祖国、建设美丽家乡的有用之才、栋梁之材，为促进民族团结进步、实现共同繁荣发展作出应有贡献。"

红色的字体在阳光的照耀下闪闪发光……

根深扎沃土（长篇报告文学）
——这里是衡中

后　记

真情实感，挂一漏万。

记得多年前给市委领导写外出招商引资讲话稿时，开头总要写上"衡水是一片投资的热土，这里是大儒之乡，美酒飘香，湖水荡漾，书声琅琅"，总要介绍衡水是汉代大儒董仲舒的故乡，有千年衡水湖、百年老白干和正在崛起的衡水中学3张亮丽的名片。在国内，这3张名片基本大家都知道，但是到了国外，那两张名片就不那么出名了，剩下的只有衡水中学了。1999年，我作为河北省新闻代表团成员出访美国，在斯坦福大学的林荫大道上，碰到了一个来自天津的留学生，听说我是衡水人时，他说，对衡水别的不知道，但知道有一所很厉害的衡水中学，自己初中毕业时想去那里，可惜没去成。在遥远的夏威夷珍珠港，在等着参观"密苏里号"战列舰的空隙里，我借助翻译，和一位美国老人聊天。当我说起衡水的3张名片时，他对前两张摇了摇头，唯独对衡中竖起了大拇指，说，衡水中学的管理制度比美国、英国的私立学校还先进，剑桥、牛津、哈佛等世界顶尖的大学的学生大都来自私立中学。4年前我去日本探亲，无论是在樱花烂漫的东京长野公园里，还是在京都有周总理题诗的岚山风景区修竹林中，和那里的人说起衡中，很多人都知道。

在一座经济欠发达的四线小城里，一所中学在短短的20多年里为什么能够迅速崛起、名震华夏、扬名海外，他们成功的秘诀是什么，在人们心中一直是个谜。尽管各种媒体对这里进行过上万次的报道，但谜底一直未能彻底揭开。

感谢学校的精心安排，让我在这里吃住了3个多月，我也拿出了当年做记者时写一个劳动模范住在村里，与其同吃、同住、同劳动的架势，走遍了衡中的每一寸土地，转了许多教室和学生宿舍，听了许多节我能听懂的课，看了所有的食堂、餐厅。除了专门座谈外，无论是在校园里转，还是在吃饭的时间里，见人就问，逢人就说，发现这里真是一座搞写作的人挖掘素材的宝库，在挖掘的过程中，每时每刻都被感动着。

在这里，我看到了高尚与担当。衡水这个地方，属于"冀文化圈"，东临孔夫子家乡山东，北连京津，崇文重商，历史上出过状元和上百名进士，也有许多义商、儒商，这都是读书的结果。无论是私塾时代，还是国家办学的今天，这里的城镇乡村，都把"先生"也就是今日的老师作为自己最尊重的人，许多人家也因家庭出了一个老师感到自豪。衡中的老师继承了中国知识分子最优秀的传统，自律、慎独、担当。在采访期间，许多老师都反复说着意思相同的话：做人要有担当和诚信，答应别人的事就一定要做好，家长相信学校，学校相信你，把孩子交给你，你就有义务把孩子教育好，让他们成才，这是做人的原则，也是起码的道德；讲课要让学生满意，首先自己要满意，人家把孩子交给你，就是信任你，人家交了学费，你就要对得起人家；我们每天不是干给别人看，而是做给自己的良心看，人生有三不欺，不欺天地，不欺他人，不欺自己，做不到就是人格问题。应该说，这是一种很高的人格素养。

在这里，我看到了责任与奉献。从真正进入衡中校门的那天起，我就有一种很深的感触，在熙熙攘攘皆为利来利往的滚滚红尘里，在铢锱必争的商品社会里，这里真是一片净土，看不到知识分子成堆地方的文人相轻、斤斤计较，没有官场上的钩心斗角、尔虞我诈，有的只是把责任担在肩上的奉献，许多老师对加班没有名利场，把对学生除了学习以外的经济上的救援、生活中的解困作为一种当然。优秀包括奉献，而奉献是优秀中的优秀，衡中人把这种优秀变成了一种习惯。这就是一种境界，一种很高的一般人难以企及的境界。

根深扎沃土（长篇报告文学）
——这里是衡中

在这里，我看到了科学与精确。衡中的管理是一流的，我参加过他们的多次活动，从开始到结束，井然有序，环环相扣，每个细节都做得很到位，包括在课堂上，老师的板书怎么写，学生的作业本上页眉、页脚都要整齐划一，让人看了非常舒服。衡中的管理者熟知青少年身体和思想的发育规律，用科学的方法，把他们的生物钟调整到了最佳状态，把学习、休息、体育锻炼和其他活动安排得恰如其分、恰到好处，让学生高中3年学得痛快、吃得痛快、玩得痛快，最后考上好大学，自己痛快，全家痛快。衡中的老师都是出色的心理学家，炼就了一双火眼金睛，往讲台上一站，就能看到全体人的精神状态、洞察个别人的异常表现。他们和门口与小草根连根的大树一样，和每个学生的心相连、意相牵，把每个人的喜怒哀乐都装在心里，用汗水和智慧去浇灌这些待放的蓓蕾、成长的幼苗，静听花开的声音，喜看成材的大树。

在这里，我看到了持恒与进取。终身立志于此，这话说起来容易，做起来很难。衡中人做到了，把立德树人的重任担在肩上，把"追求卓越"当作毕生的目标，矢志不移。28年来，一张蓝图绘到底，一任接着一任干，干在实处，走在前列，勇立潮头，踏平坎坷成大道，一路豪歌攀高峰、塑造高峰，站在了中国高中教育的顶尖位置。他们牢记领袖"谦虚使人进步，骄傲使人落后"的教导，常思自己之过，常学他人之长，让校园里时刻闪烁着进取之光。

在这里，看到的太多，听到的太多，每个人都是一首激励奋进的难忘的歌，每个班级、处室都是一本内容丰盈的书，只因为笔力不逮，篇幅有限，不能一一写出，只能向众位老师致歉。

在这里的采访期间，约谈的老师都是忙里抽闲，或利用休息时间，或是自习课的空隙，在谈的过程中不断看表，我知道他们在惦记着教室里的三尺讲台，想着自己的学生，我也于心不安，把固定采访变成了邂逅访谈。在校园里，看到了许多老师忙碌的背影，我情不自禁地写下了一首小诗。

你们的背影,我的目光
——献给衡中人

这个冬天和春天,我注定与衡中有缘,
吃住在这里,为了完成一个嘱托,
也为了了却自己的一个心愿。
在各种时光的交错中,我看到了许多背影,
在寒风凛冽的清晨,
我看到许多班主任在操场上等待学生的背影,
此刻,晨曦未现,浮雕你们背影的是路灯未熄的光亮。
还有,在凉意森森的走廊里,
闪现着校长、研室、班级主任的背影,
你们悄悄地走路,巡视着自习的课堂,
隔着玻璃,投去挚爱的目光。
在灿烂的阳光下,
我看到学子们走向教室、餐厅,奔向操场的背影,
他们,步履矫健,眼睛明亮,像雏鹰,
背负着家长、民族的希望。
在星光闪烁的夜晚,
我看到,备课区里老师们忙碌的背影,
面对荧屏,鼠标滚动,大脑飞转……

我不是不愿意与你们面对面,
而是你们太忙,担子太重,
怕耽误你们的时间,

只能投去尊敬的目光，从心底里默默祝愿。

你们的背影，是大山的背影，

立于天地间，厚重而伟岸。

我的目光，犹如山里的几块石头，

也能增加几尺高度，几分重量。

你们的背影，是森林的背影，

深情地呵护、培育着祖国的花朵，

抵挡着雷鸣电闪、雨雪风霜。

我的目光，带着敬意，带着钦佩，

静静地站立在你们的身旁。

你们的背影，是走向未来的背影，

追求卓越，砥砺前行，

迈开追梦者坚韧的步伐，

为了祖国的振兴，为了千万个家庭的希望，毅然担当。

我的目光，如重新标注的文字，

沉浮在千年的滏阳河里，

那是一声直通心扉的老腔。

在采访成书的过程中，得到了校长助理张永同志的大力支持，得到了韩成君、邱蕾、渠少强、张肖和金江昆等老师的热情帮助，在这里一并致以深深的感谢！

2021年3月4日上午草成初稿于腾达新城2号楼2209室

2021年3月15日下午二稿修改于衡中西扩区学生发展中心308室

2022年3月26日下午三稿修改于腾达新城2号楼2209室

建校 70 周年文艺晚会

图书在版编目（CIP）数据

根深扎沃土：这里是衡中 / 杨新城著. -- 北京：人民日报出版社，2022.10

ISBN 978-7-5115-6753-6

Ⅰ.①根… Ⅱ.①杨… Ⅲ.①报告文学－中国－当代 Ⅳ.①I25

中国版本图书馆CIP数据核字（2022）第195459号

书　　名：	根深扎沃土：这里是衡中
	GENSHEN ZHA WOTU：ZHELI SHI HENGZHONG
作　　者：	杨新城
出 版 人：	刘华新
责任编辑：	郭晓飞
封面设计：	金　刚
出版发行：	人民日报出版社
社　　址：	北京金台西路2号
邮政编码：	100733
发行热线：	（010）65369527　　65369846　　65369509　　65369510
邮购热线：	（010）65369530　　65363527
编辑热线：	（010）65363486
网　　址：	www.peopledailypress.com
经　　销：	新华书店
印　　刷：	大厂回族自治县彩虹印刷有限公司
开　　本：	710mm×1000mm　　1/16
字　　数：	200千字
印　　张：	11.5
版　　次：	2022年12月第1版
印　　次：	2022年12月第1次印刷
书　　号：	ISBN 978-7-5115-6753-6
定　　价：	50.00元